KB153108

아이 친구 엄마라는
험난한 세계

신도시 맘 고군분투
아줌마 사귀기 프로젝트

아이 친구 엄마라는

험난한 세계

박혜란 지음

마시멜로

그렇다고
안 볼 수도 없는 사이,
아이 친구 엄마

코로나가 완전히 사라지지 않은 지금, 사적 모임은 아직 조심스럽다. 사회적 거리두기는 서로가 서로를 위하는 최소한의 배려로 자리 잡았고, 그 여파는 정기적으로 만남을 가져왔던 나의 모임 2개를 사라지게 했다. 아마도 다시 모임을 시작하게 될 것 같지는 않다.

　반강제적으로 집에만 있으면서 나는 주부와 엄마의 역할에 충실해졌다. 아이 돌보기와 집안일 외엔 딱히 할 수 있는 일이라곤 없었던지라, 미뤄두었던 부엌과 베란다 정리를 해치우기도 했다. 이렇게 집에서만 살다보니 이리저리 정신없이 피곤함만 가득했던 일상의 흐름이 많이 단순해졌다. 그리고 그것이 주는 지루함에 익숙해져 갔다. 그러다가 문득 집에만 있는 것이 너무 갑갑해서 잠깐 동네 산책이라도 나가는 날이면 주민들의 발길이 줄어들어 조용한 동네가 어색하면서도 반가웠다. 나는 홀로 벤치에 앉아 어쩐지 들뜨는 마음으로 공원 풍경을 바라보았다. 동네 공원을 나 홀로 전세 낸 기분이란 게 이런 것일까. 혼자가 주는 편안함과 더불어 살짝 쌉싸름한 외로움도 느껴졌다. 하지만 기분 좋게 참을 수 있는 정도였다. 인파로 북적이던 공원에서 이런 기분을 느껴보다니, 코로나 시기라고 해서 다 나쁜 것만은 아니었다.

이런 일상은 아이 친구 엄마들과의 관계 또한 바꾸어 놓았다. 만남이 자제되면서, 아이 유치원 등원 때 인사를 나누곤 하는 엄마들에게 "언제 커피라도 한 잔해요"라는 말을 해야 할지 말아야 할지 고민하던 부담감이 사라졌다. 관계를 맺기 위한 노력 자체를 하지 말라고 전 세계가 경고하고 있었으니 말이다. 코로나 시기를 지나며 몇몇 엄마들은 오히려 편한 것도 많았다고 솔직하게 털어놓았다. 일부러 엄마들 모임에 안 나가도 되고, 아이들을 친구들과 놀게 하기 위해서 이 약속 저 약속 안 잡아도 되고. 그 사이에서 오고가는 많은 말들과 소모적인 신경전에 에너지를 소비하지 않고 오롯이 내 가족의 건강과 안전에만 집중하면서 지낼 수 있는 시간이었다는 것이다. 집에만 있다 보니 아이들과 많이 부딪히기도 했지만, 우리 가족만의 규칙과 가족구성원 각자의 역할을 만들기도 했다고 한다. 사람은 어떤 상황에서도 살아내기 위한 방도를 마련해 내나 보다.

거리를 두고 산지 어느새 2년이 지나갔고, 요즘은 사회적 거리두기가 많이 완화되었다. 그동안 대면 만남에 목말랐던 사람들도 여기저기서 모임을 만들고 있다. 나 또한 지인들에게 먼저 만나자고 제안하기도 한다. 코로나로 편안한 점도 있었지만 외롭기도 했다. 전화 통화로는 풀 수 없는 이야기를 얼굴을 마주 보며 하고 싶었다. 나는 다시 사람을 만나며 '관계 맺기'의 장으로 들어가고 싶어졌다. 그런데 다들 비슷한 마음인지 자주 방문하는 인터넷 맘카페에 작년엔 올라오지 않던 질문들이 자주 보였다.

초1 엄마들 관계, 중요한가요? 이제 3주차 되니 등교는 괜찮은데 하교 때 데리러 가기가 너무 괴로워요. 다들 옹기종기 모여 수다 떨며 기다리는데 저는 혼자 구석에 멀찍이 떨어져 있어요. 엄마들 관계에서 불편한 경험을 한 적도 있고, 아이 친구는 엄마가 정하는 거 아니라기에 신경 안 썼는데 매일이 어색함의 극치에요. 아이가 얼른 혼자 집에 왔으면 좋겠어요.

그 아래에는 이런 질문이 있다.

유치원 엄마들 관계, 중요한가요?

또 이런 질문도 있다.

어린이집 엄마들 관계, 중요한 거 아니죠?

지금까지 아이의 어린이집, 유치원, 초등학교 1학년 생활을 보내며 느낀 점은 시기별 엄마들 모임은 중요하기도 하고 그렇지 않기도 하다는 것이다. 다 본인 하기 나름인데, 사실 그게 너무 어렵다.

이 책은 내가 엄마들 혹은 아줌마들이라고 통칭되는 '여초 강호'에서 무림의 고수들을 만나 이런저런 풍파를 겪어낸 이야기다. 여초 집단은 좀 특이하다. 일단 뒷말과 간섭이 많고 항시 기싸움 대기 모드다. 그런데 또 따뜻하다. 서로의 이야기를 잘 들어주며 아는 것은 알려주고 도와주려고 하고, 힘들다고 하면 서로를 안아주려고 한다. 나는 현재도 이 집단에서 왼쪽 뺨을 맞으면 남편에게 화풀이하고, 남편에게 오른쪽 뺨을 맞으면 언니들을 만나 울면서 하소연한다. 중요한 것은 나는 여자고, 여자들과의 관계 속에서 살아야 한다는 것이다. 그나마 다행인 것은 이제 나도 이 집단에 어느 정도는 익숙해졌다는 점이다.

지극히 개인적인 경험담이 여자들과 관계를 맺고 우정을 유지하기 위해 분투하는 분들에게 조금이나마 도움이 된다면 더 바랄 게 없을 것이다. 산뜻하고 쌈박하게 쓰고 싶었지만, 글을 쓰면서 당시가 생각나 많이 울기도 하고 웃기도 했다. 그렇게 글을 쓰면서 행복했다.

마지막으로 글에 집중하는 내내 저녁 반찬으로 햄, 치킨 너겟, 김, 계란프라이 등을 투정 없이 잘 먹어준 아들에게 고마움을 전한다. 그리고 글을 쓰고 있으면 "니, 뭐 하노" 하며 등을 따뜻하게 쓸어주곤 했던 남편에게도 감사함을 전한다. 책을 내자고 제안해 주신 편집자님께도 더불어 감사의 말씀을 전한다.

아이 친구
엄마라는
험난한 세계
- 차례 -

프롤로그_그렇다고 안 볼 수도 없는 사이, 아이 친구 엄마 004

1 여초 집단, 마흔 인생 최악의 시련기

사람을 사귀고 싶었지 말입니다 014

사교계 진출 시도와 은따 026

수많은 채아 엄마들을 이해하기 위한 세계관 047

나의 호의가 태우 엄마에게는 권리 057

은따는 은따를 알아보는가 072

2 우정이 뭐기에

여자의 우정은 화장실에서 시작된다 090

여자들은 '원래' 그런가? 103

기 싸움 어디까지 해 봤니 112

우정, 그 곤란함에 대하여 124

③ 그래도 여자가 여자를 이해한다

브런치, 한가해서 먹는 거 아닙니다 152

완전한 타인을 향한 대책 없는 애정 교환소 165

구찌와 아줌마라는 한정사 173

아줌마들이 홈쇼핑을 보는 이유 183

결혼한 여자의 체념과 존엄 사이 192

④ 착하지 말고 자유롭게

이전으로는 돌아갈 수 없다 210

이 얼굴에 마트에서 바코드 찍을 수 있을까 223

자유롭고 무책임한 관계가 주는 해방감 235

우리가 그때까지 만난다면 246

1
여초 집단,
마흔 인생 최악의 시련기

사람을 사귀고 싶었지 말입니다

'아…… 나 혼자서 또 너무 떠들었네.'

나에게는 한동안 이상한 증상이 있었다. 우연히 동네 지인 누군가와 말을 섞게 되는 아주 럭키한 날이면 너무 많은 말을 상대에게 해 대는 증상이었다. 그 사람이 나의 이야기를 궁금해하는지 마는지는 딱히 고려할 바가 아니었다. 나는 날씨, 육아, 정치, 동네 개발 이야기 등 그 어떤 소재도 마다하지 않고 내가 아는 모든 정보를 끌어모아 주절주절 이야기를 해 댔다. 나는 '말'이 하고 싶었다.

이거였어, 이거. 사람이 주는 온기란 이런 느낌이었지! 나는 사람과의 대화 그 자체가 주는 포근함이 너무 좋았다. 게다가 누군가의 동공을 쳐다보고 있으니 기분 좋은 긴장감이 들며, 한쪽 구석에 푹 하고 꺼져 있던 생기가 조금씩 되살아나는 것만 같았다. 나는 가능하면 오랫동안 사람과 대화를 나누고 싶었다.

'조금만 더 나랑 이야기해주세요. 나 이렇게 사람이랑 이야기하는 거 거의 일주일 만이에요.'

나는 말을 하면서 동시에 말할 거리를 계속해서 머릿속에서 스캔했다.

'이야기 흐름이 끊기면 안 돼. 생각하자, 생각하자……. 어서 말을 받아치자. 최대한 자연스럽게. 어, 이거 대화가 마무리되는 분위기네. 안 돼! 빨리 다른 소재를 찾자. 어서 생각해 내라고!'

이 정도면 가히 필사적이다. 그렇게 나는 빠져나가려는 상대를 억지로 부여잡고 정신없이 떠들다가 집으로 돌아왔다. 집엔 아무도 없다. 고요한 집에 들어서자마자 후회가 밀려왔다.

'그래, 뭐 꼭 정신과 인증을 받아야만 하는 것도 아니고……. 이렇게 슬금슬금 가다 보면 어느새 훅하고 저쪽 나라로 가 있는 거지.'

그러나 후회는 후회일 뿐. 나는 또 동네 지인 누군가를 우연히 만나게 되는 날이면 역시나 그 사람의 스케줄이나 컨디션 따위는 전혀 고려하지 않은 채, 또 아무 말이나 주절주절해 댔다. 나는 스스로를 '외로움이 평범한 인간에게 미치는 영향도'를 임상 시험 삼아 연구라도 하듯 나의 행동과 정신 상태를 가끔씩 체크하곤 했다. 그럴 때마다 내 상태는 점점 더 악화되는 듯했다.

'이게 다 이 동네에 살아서 그런 거라고!'

나는 결혼을 하고 임신을 계획하면서 이 동네, 신도시로 오게 되었다. 남편과 나는 이미 나이를 꽉꽉 채워서 한 만혼이었고, 기다리고 기다리던 아기는 우리 부부에게 쉽게 오질 않았다. 내 나이는 아기를 낳는 것을 더는 미루면 안 되는, 내일 임신이 되더라도 고위험산모군으로 분류되는 그런 나이였다. 여러 번의 상의 끝에 우리 부부는 남편 회사 가까운 곳에서 살기로 결정했다. 나는 회사를 그만두고 10여 년 이상 살아왔던 서울 자취방을 정리했다. 그렇게 이곳에서의 삶이 시작되었다.

우여곡절의 계절을 두어 번 보내고서야 어렵사리 아기가 태어났다. 아기는 너무 예뻤지만, 또 너무 힘들었다. 그야말로 육아 전쟁이 시작되었다. 나는 밥 대신 식빵으로 연명하며 아기와 울고 웃었다. 아기는 예상대로 예민한 성격이었고, 나와 아기는 하루하루 무사히 의식주를 해결하는 것만으로도 다행인 나날들을 보냈다. 나는 남들 다 간다는 그 흔한 문화센터조차도 쉽게 갈 수가 없었다. 예민한 아기와 함께하는 외출은 초긴장의 연속이었기에 아기를 데리고 집 밖으로 나설 엄두를 내질 못했다. 그렇게 예민한 아기와 저질 체력 엄마의 생활 반경은 집, 놀이터, 마트로 한정되었다.

'그래, 주말에 남편이랑 아기랑 절에나 가 보자.'

나는 절에 가서 108배라도 하면서 마음의 안정을 얻어 볼까 했다. 그런데 이럴 수가! 이곳 신도시에는 이 건물에도 교회, 그 옆 건물에도 교회로, 교회는 많았지만 절이나 법당은 없었다. 이 도시는 30~40대 기독교 신자가 많은 수를 차지하고 있는 수도권의 신도시 중에서도 신생 신도시였다. 그래도 나 한때 '보살님'으로 불렸던 여자인데, 외로움을 견뎌내고자 종교적 신념을 저버린 채 '자매님' 으로 불릴 순 없었다.

나는 오후 5시가 되면 남편에게 예외 없이 카톡을 보냈다.

여보돼지, 언제 오심?

8시요.

이런 날은 다행이다.

10시 넘어서요. 회식해서 늦어요. 여보님 먼저 자요.

이런 날도 허다했다. 하아. 남편의 카톡 응답에 짧은 탄식
이 자동으로 올라온다. 나는 카톡 화면을 잠시 쳐다보다
가 이내 아기에게 시선을 돌렸다.

"에구구, 우리 아기 배고플 시간이네."

나는 아기에게 분유를 타서 먹이고, 트림을 시키고, 아
기를 잠시 자동 회전 모빌 아래에 눕혀 놓았다. 모빌이 돌
아가면서 나는 음악 소리를 멍하게 듣고 있자니 내게도
허기가 몰려온다. 나도 저녁을 먹긴 먹어야 하는데…….

하지만 냉장고 문을 열어봐도 딱히 꺼낼 반찬이 없다. 계란프라이나 하나 해서 먹을까 하던 차에 후드득, 난데없이 눈물이 난다. 에이 이게 뭐야. 울지 말자 울면 뭐해. 그래도 눈물은 눈치 없이 계속 흘러나온다. 울음이 터져 버린 나는 나를 잠시 그대로 내버려 두었다. 그렇게 부엌 싱크대에 기대앉아 울었다. 이상하게 울 땐 왠지 스스로 좀 더 처연하게 연출되는 장소를 찾게 되는 것만 같다. 편안하고 따뜻한 소파나 햇살 가득한 거실은 맘 놓고 울기엔 금방 민망해진다.

한참을 목 놓아 울고 나니 배가 너무 고팠다. 즉석밥, 참치 캔, 김, 마요네즈. 자취생 시절 만찬 세트는 아기 엄마가 된 당시의 나에게도 역시나 만찬이었다. 나는 누가 쫓아오는 것도 아닌데 허겁지겁 배를 채우는 것에 집중했다. 그렇게 먹으면서 감정도 누그러지고 허기도 달래진 탓일까. 기분이 한결 나아졌다. 그다음에는 설거지를 한다. 그러면 그때부터 혼잣말이 줄줄 나오기 시작한다.

"아, 왜 이렇게 설거지는 많은 거야. 젖병 씻어주는 기계가 나오면 대박 날 거야. 흐음, 분유 타는 기계, 이거 어때. 우와, 좋은 생각인데. 기계공학과 선배한테 연락해서 아이디어나 한번 제공해볼까. 그럼 이윤은 3 : 7로 달라고 해야지. 에이, 근데 그 선배 지금 회사 잘 다니고 있는데 어디 이런 거 만들기나 하겠어. 아, 맞다. 선배 애기는 지금 몇 살이지? 작년에 초등학교 어쩌고 했던 거 같기도 하고. 선배한테 전화나 한 통 해볼까. 근데 지금 몇 시야. 어머, 벌써 8시네. 뭐야, 뭔 하루가 이렇게나 잘 간대. 이 놈의 남편은 언제쯤 오려고 이러는 거야. 그래, 나 버리고 너 혼자 회식 가니까 좋냐. 혼자서 실컷 배부르게 고기 먹으니까 좋냐고. 아, 갑자기 화가 나네."

누구 하나 듣는 이가 있지도 않은데 의식의 흐름대로 말이 막 나온다. 나는 혼잣말을 설거지할 때와 요리할 때 주로 하곤 했다. 이런 혼자만의 막말 대잔치는 부엌일의 종료와 함께 끝이 나곤 했다. 아마도 내 주방은 내가 누구를 많이 사랑하고 또 미워하는지 세상 누구보다도 잘 알고 있을 것이다.

남편은 회식을 마치고 늦은 10시 즈음 퇴근했다. 그는 실눈을 뜨고 멍하니 나를 쳐다본다. 본인 또한 매우 피곤하니 가능하면 말을 걸지 말아 달라는 신호. 다크서클이 짙게 드리워진 남편은 샤워하고 침대에 드러누운 뒤배 위에 갤럭시노트 탭을 올려놓고 게임 동영상을 시청한다. 그러면서 동시에 한 손으로 핸드폰을 들고 게임 관련 게시물을 읽고 있다. 남자는 멀티플레이가 안 된다더니, 남편은 멀티플레이가 되는 남자였다. 사실 퇴근 이후가 직장인 남편이 유일하게 쉴 수 있는 시간이기에, 이것은 그의 매우 적극적이고 격렬하게 쉬고 있는 모습일 따름이다. 남자가 자신만의 동굴에 들어갔을 때에는 내버려 둬야지, 문 앞에서 기다리지 말라는 《화성에서 온 남자 금성에서 온 여자》 저자의 말을 굳건히 믿고 있는 나는 가능하면 남편을 쉬게 해 주고 싶었으나, "저기…… 나랑 한 15분만 놀아주면 안 돼? 나 오늘 성인이랑 처음 말하는 거야"라고 궁색하게 말하며 반쯤 누워 있는 남편 옆에 스리슬쩍 눕곤 했다.

아기가 태어나고 어린이집을 가기 전까지 만 3년 동안 나의 대화 상대라고는 남편, 단 한 명이었다. 이야기를 하기 위해서는 저녁 시간까지 그를 기다려야만 달콤한 수다의 시간이 허락되곤 했다. 그러나 많은 날, 육아에 지친 나는 저녁이 되면 말을 할 기운마저 사그라져 그마저도 못 하기가 일쑤였다. 아주 가끔씩 고맙게도 서울에서 꽤나 거리가 있는 이 도시까지 방문해주는 친구들과의 만남, 그리고 엄마나 친언니와의 전화 통화 정도가 당시 내 소통의 전부였다. 아무리 육아에 전념해야 하는 시기였다 하더라도, 나에게는 육아의 고단함과 더불어 이곳에서의 삶을 오롯이 혼자 버텨내야 한다는 고립감의 무게가 내 일상을 한층 더 짓누르고 있었다. 만약 우리 부부가 결혼 전 내 삶의 터전이었던 서울에다 신접살림을 차렸더라면 내가 좀 덜 외로웠을까, 좀 덜 고단했을까.

아무리 아는 사람이라곤 남편밖에 없는 곳에서 결혼 생활을 시작했다 하더라도, 이렇게 사람 사귀는 게 힘든 일이었던가. 과거의 나는 그래도 어딜 가든 사람들과 무난하게 잘 섞이며 무리에서 별 탈 없이 지내왔던 것 같은데. 그래, 사람을 사귀려면 어디라도 가야 한다. 문을 열고 집 밖으로 나서야 한다. 그런데 지금의 나는 어디로 가야 하는 걸까? 아니, 어디를 갈 수 있을까?

돌이켜 생각해보면 지금까지 내가 사람을 사귀어온 과정은 내가 찾아간 특정한 '공간'에서 만난 사람들과 자연스럽게 친해지는 과정이었다. 의무적으로 가야 했던 초등학교, 중학교, 고등학교, 밥벌이를 위해서 다녔던 회사, 독서 모임 같은 취미 혹은 종교 활동…… 모두 어떤 목적을 가지고 정기적으로 다녔던 곳이다. 그곳에서 자주 만난 사람들과 이런저런 사건들을 겪어내면서 서로를 이해하고 가까워졌다. 그런데 아줌마가 되고 보니 나는 내 발로 어디를 어떻게 찾아가야 할지 당최 알 수가 없었다. 나를 반기며 '여기로 오라'고 하는 곳이 정말이지 단 한 군데도 없었다. 아기를 업고서는 취미 생활을 할 수도, 무엇 하나 마음 놓고 배울 수도 없었다. 게다가 나는 사람을 사귀고자 누군가의 전화번호를 스스럼없이 물어본 적이 거의 없었다. 회사나 학교는 내부 인트라넷을 통해 검색만 하면 원하는 사람의 연락처를 알 수 있었고, 심지어 절에 다녔을 때도 청년회 총무 등이 멤버들의 연락처를 예쁘게 정리하여 출력한 손바닥 크기의 메모를 나누어 주었었다. 지금까지 나는 이런 사적 서비스를 친절한 모임장으로부터 '제공'받아왔던 것이다. 그런데 이곳에선 그 누구도 나에게 '사귈 만하다' 싶은 동네 아줌마들의 연락처를 알아서 제공해주지 않았다. 이젠 정말이지 어디를 가야 할지, 누구와 어떻게 사귀어야 할지를 스스로 해결해야 했다. 이것이 가장 당황스러운 현실이었다. 과거의 나는 얼마나 편하게 사람을 사귀어 왔던가. 손 하나 까딱하지 않아도 모임장들이 알아서 나를 단체 카톡방에 초대해 주었으니 말이다.

하지만 이젠 아니다. 상황은 바뀌었고, 나는 바닥난 사회성을 쥐어짜야만 했다. 때론 애교 버전으로 "저기……○○ 엄마, 번호 좀 찍어줘봐요옹~" 가끔은 다소 껄렁하게 "어떻게, 제 번호 좀 찍어드릴까?" 하며 들이댔다. 연락처 물어보는 행동도 자주 하다 보니 노하우가 생기는지, 나는 상대가 풍기는 분위기에 따라 말투와 태도를 다르게 하곤 했다. 맞춤형 들이대기라고나 할까? 그렇게 내 핸드폰을 그녀들의 손에 살포시 쥐여 주었고, 만 8년 동안 이곳에서 살면서 대략 30~40명 정도의 동네 아줌마들 연락처를 얻어냈다.

아직은 덜 친하지만 앞으로의 관계를 위해 전화번호를 물어보는 경우, 대부분의 사람들은 "아, 네" 하며 흔쾌히 연락처를 알려주었다. 하지만 '너 뭔데 내 번호를 물어보니' 하며 귀찮아하는 듯한 느낌을 풍기는 사람 또한 있기 마련이다. 그럴 때마다 나는 생각했다.

'난 아직도 멀었구나. 이렇게 사람 보는 눈이 없어서

야 원.'

그러고는 집에 돌아와 상대방의 달갑지 않아 하던 표정을 기억에서 떨쳐내려고 애썼다. 가끔씩은 신경 쓰는 대비 별 효과도 재미도 없는 나의 이 어설픈 동네 친구 사귀기의 의지를 접을까도 했었다. 하지만 이내 사람이 그리워졌다. 솔직히는 자주 외로웠다. 어쩔 수 없이 목마른 사슴인 내가 먼저 '만나자'고 들이대는 수밖에 없었다. 그렇다. 내가 발 디디고 살아야 하는 세상은 이런 곳이다. 모든 것을 알아서 정하고 행동해야 하는 세상. 어디 가서 무엇을 할지, 누구를 어떻게 사귈지 그 어떠한 행동 지침도 참고 자료도 없는 세상. 정말이지 '자기 주도 사회성'이 필요한 세상. 그리고 그렇게 자기 주도로 간 곳에서 어떤 캐릭터의 아줌마를 만나게 될지 그 누구도 예측할 수 없는 세상. 그래서일까. 나는 자주 혼잣말을 하곤 했다.

"아…… 이 바닥, 진짜 적성에 안 맞네."

사교계 진출 시도와 은따

드디어! 아이가 어린이집에 다니게 되었다. 야호! 이제 나도 어린이집 엄마들을 사귀어야겠다. 그녀들을 사귀어 맛집에서 브런치도 먹고, 동네 산책도 같이 하고, 놀이터에서는 애들끼리 놀게 하면서 육아 정보도 나누고. 아, 맞다. 드라이브도 가야지. 어디 근교에 갈 만한 데 없나? 상상만으로도 신나는 어린이집 입소의 달, 3월이 되었다.

나와 비슷한 마음으로 사람을 사귀고 싶었던 엄마들이 여럿 있었던 모양이다. 어린이집 입소 2~3주쯤 지난 3월 중순의 어느 날, 아이 등원 시간에 마주친 우주 엄마가 내 핸드폰 번호를 물어보았다. 우주 엄마는 말했다.

"이미 사귄 엄마들끼리 단체 카톡방에 모여 있어요. 거기 엄마들 다 좋은 사람들 같던데. 현민이 엄마(나를 말한다)도 합류하실 생각이……?"

나는 우주 엄마의 말이 채 끝나기도 전에 "네, 네, 저도 끼워주세요"라고 방긋 웃으며 흔쾌히 수락했다. 지방에 있는 친정에서 아이를 낳고 조리원 생활을 했던지라 그 흔한 조리원 동기도 없었던 나에게, 드디어 육아 동지이자 동네 친구를 사귈 수 있는 절호의 찬스가 온 것이다. 집에 도착해서 핸드폰을 보니 이미 단체 카톡방에 초대되어 있었다. 나는 집안 정리도 잊은 채 자기소개부터 했다.

안녕하세요. 대나무반 현민이 엄마입니다. 앞으로 잘 부탁드려요~

카톡을 보내자마자 나를 반기는 환영의 인사가 까똑, 까똑, 까까똑 까똑 줄줄이 왔다.

'오, 이거 얼마 만에 받아보는 환대인가!'

나는 그날 오전 내내 시간이 가는 줄도 모르고 실컷 카톡 수다를 떨었다. 대화의 주제는 주로 육아의 고단함, 육아 용품, 동네 맛집, 가끔은 시댁 험담 등이었다.

단체 카톡방 멤버는 나 포함 6명으로 우리 아이 반인 대나무반 엄마 4명, 그리고 솔방울반 엄마 2명으로 구성되어 있었다. 현민이가 다니는 어린이집은 규모가 좀 있는 편이어서 4세 반이 세 반이었다. 우리 멤버들은 카톡 수다를 오후까지 떨며 4세 엄마들을 더 많이 합류시키자는 등의 이야기를 하기도 했다.

나는 퇴근해서 돌아온 남편에게 자랑했다.

"여보, 나 친구 사귀었어. 이제 당신이랑 안 놀아도 될 거 같아. 여보, 그동안 정말 고마웠어. 내가 오늘 오랜만에 수다를 너무 떨었더니 말이야, 아휴, 좀 피곤하네. 그럼 난 이만 잘게. 당신도 잘 자."

남편은 신나 있는 나를 물끄러미 쳐다보았다. 이런 나를 어처구니없어 하는 것도 같고, 기특해하는 것도 같고, 안심하는 것도 같고, 별로 관심 없어 하는 것도 같았다.

우리 6명의 단체 카톡방 멤버는 모두 첫째가 4세인 엄마들이었다. 아무래도 둘째나 셋째 아이가 4세인 엄마들은 이미 첫째 아이를 중심으로 사귀게 된 엄마들이 꽤나 있기에 신규 엄마들 모임에는 딱히 관심이 없는 듯했다.

'아…… 어린이집 엄마들 모임은 주로 첫째 위주로 결성되는구나!'

나는 엄마들 모임 결성의 핵심 비밀이라도 알아챈 듯, 주로 첫째 아이가 4세인 엄마들을 관찰하곤 했다. 그리고 적절한 시기에 눈여겨 보아왔던 그녀들에게 우리 모임의 합류 의사를 물어봐야겠다고 생각했다.

어느 날 아침, 단체 카톡방 멤버 중 1명이 모닝커피 번개를 제안했다. 마음이 바쁘다. 오늘도 역시나 어린이집을 안 가겠다고 떼쓰는 아이를 어르고 달래서 겨우 등원시켰다. 그러다 보니 벌써 모임 시간이 임박해 있어 걸음을 빠르게 움직이려는데, 몇 발자국 앞에 서준 엄마가 보였다. 나는 서준 엄마에게 말을 걸었다.

"저기…… 서준 엄마? 어린이집 4세 반 엄마들끼리 지금 커피 마시고 있는데요. 혹시 시간 되시면 저랑 같이 가실래요?"

나는 다소 수줍게 물어보았고, 서준 엄마도 일전의 나처럼 흔쾌히 수락했다. 서준 엄마와 나는 가벼운 대화를 나누며 카페로 향했다. 카페에 도착하니 이미 3명의 엄마가 와 있었다. 그녀들은 서준 엄마를 반겨주었고, 서준 엄마와 우리는 서로 간단하게 자기소개를 했다. 우리는 그렇게 일상적인 대화를 이어 갔고, 30여 분 정도 지나 뒤늦게 채아 엄마가 카페에 도착했다. 그런데 채아 엄마가 자리에 앉자 서준 엄마는 다소 긴장하는 듯했다. 그러더니 서준 엄마는 주섬주섬 외투를 입으며, "저 먼저 가볼게요. 생각해보니 오늘 시댁 어르신들이 오시기로 한 날이었네요. 제가 청소를 좀 해야 해서"라고 말하며 급하게 자리를 떴다.

"아, 그래요? 그럼 다음에 봐요."

서준 엄마와 우리는 어색하게 인사를 나누었다. 이후 서준 엄마가 자리를 뜨자, 채아 엄마가 사뭇 비장한 표정으로 우리에게 물었다.

"저기, 서준 엄마가 왜 이 자리에 있는 거야?"

말이 끝나자마자 엄마들은 일제히 나를 쳐다보았고, 난 머쓱하게 대답했다.

"아, 내가 카페 오는 길에 우연히 서준 엄마를 만나가지고. 엄마들 몇 명이 모여 있으니 같이 커피 마시러 가자고 했지."

"아 진짜, 언니! 왜 우리한테 물어보지도 않고 사람을 막 데려오고 그래!"

채아 엄마는 불쑥 화를 냈다.

"아, 아니, 우리 카톡방에서 다른 엄마들도 더 모아보자고 그러지 않았냐……."

나는 우물쭈물 변명하듯 말을 했다.

"그래도 그렇지. 언니! 우리한테 먼저 물어봤었어야지! 어휴……. 내가 그냥 솔직하게 말할게. 나, 서준 엄마랑 사이가 안 좋거든! 우리 서로 말도 안 하는 사이야. 작년에 뭔 일이 있어서 그렇게 됐어. 아우, 머리 아파. 여하튼 나는 어떻게든 나랑 서준 엄마랑 제발 좀 안 엮였으면 좋겠거든. 아, 정말. 언니! 이게 뭐야!"

그녀는 내게 대놓고 욱했다.

'그런 사이였다니. 이거 큰일이네. 근데 내가 너희들 과거를 어떻게 아냐고…….'

채아 엄마의 화와 짜증에 나는 무어라 말도 못하고 그저 테이블 끝자락만 바라보고 있었다. 정적이 꽤나 오랫동안 흘렀다. 우리 테이블의 공기는 무겁게 가라앉았다. 그때 지수 엄마가 정적을 깨고 말을 꺼냈다.

"내가 아무리 생각해봐도 채아 엄마 말이 맞는 거 같아.

모임에 아무나 막 데려오는 거, 그건 아니지. 먼저 기존 멤버들한테 물어봤어야지. 그게 맞지. 다들 그렇지 않아?"

"아니, 내가 무슨 사람을 막 데려……"

나의 말이 채 끝나기도 전에, 다른 엄마들은 모두 지수 엄마의 말에 말없이 고개를 끄덕였다. 지수 엄마는 말을 이었다.

"채아 엄마, 화 풀어. 서준 엄마는 뭐 어쩌겠어. 그냥 내버려 둬야지. 그냥 우리끼리 잘 지내자. 그럼 되지 뭐. 응? 오케이?"

그러면서 지수 엄마는 눈을 크게 뜨고 채아 엄마를 비롯한 다른 엄마들과 눈빛을 교환했다.

'어? 뭐라고? 서준 엄마를 내버려 두고 우리끼리 잘 지내? 우리 다 같이 서준 엄마를 은따하자는 건가. 뭐야 이거……'

나는 머리가 하얘졌다.

'뭐야, 나도 동참해야 하는 건가. 난 채아 엄마, 지수 엄마, 서준 엄마 다 잘 알지도 못하는데. 왜 내가……'

나는 지수 엄마와의 눈빛 교환을 피했다. 그녀의 눈빛에 응할 수가 없었다. 그때부터였을까, 숨이 막혀 왔다. 나는 잠깐 화장실을 다녀왔다. 마음 같아서는 바로 자리를 뜨고 싶었으나 그렇게 하면 내 마음이 너무 확연히 드러날 것 같았고, 앉아서 수다를 떨자니 할 말도 하고 싶은 말도 없었다. 이내 다들 자리를 옮겨 식사를 하러 간다기에 나는 컨디션 탓을 하며 집으로 돌아왔다.

지인들로부터 아줌마들끼리 특정 누군가를 은근 따돌리곤 한다는 이야기를 몇 번 들은 적이 있었다. 사실 들을 때마다 참으로 흥미진진한 이야기였다. 사람들이 뭘 그렇게까지 하나 싶다가도, 그게 또 그럴 만한 이유가 있으려니 싶었다. 그런데 정작 내가 속한 그룹에서 이런 일이 일어나니 마음이 여간 불편한 게 아니었다. 나는 나의 신도시 1호 친구, 남편에게 물어보았다.

"여보, 내가 서준 엄마를 따로 한번 만나자고 해 볼까?"

"왜? 만나서 뭐 하려고? 너희가 그 사람 은따한다고 말해 주려고? 왜 이래 아마추어같이. 여보, 너 이 동네서 안 살 거야?"

정신이 번쩍 들었다.

'아, 맞다. 좋으나 싫으나 나는 이 동네에서 살아야 하지.'

나는 가끔 눈치껏 서준 엄마와 대화를 나누었다. 놀이터에서 보거나 아이 등하원 시간에 마주치게 되면 애써 서준 엄마에게 말을 걸었다. '잘 지내시냐'는 안부 정도였지만, 그렇게 함으로써 서준 엄마에게 느끼는 미안함을 좀 덜어내고 싶었다. 그리고 늘 혼자인 서준 엄마를 보면 다 내 잘못인 것만 같았다. 내가 괜히 그날 카페에 가자고 해서…….

시간이 흘러 가정의 달 5월이 되었다. 어린이집에서는 '엄마와 함께하는 소풍'이라는 행사를 기획했다. 나는 소풍 전날 밤부터 아이와 함께 즐거운 시간을 보낸다는 설렘과, 마음 편하지 않은 단체 카톡방 멤버들을 소풍 내내 상대해야 한다는 긴장감이 동시에 들었다.

소풍 날, 아이들은 선생님과 함께 먼저 소풍 장소에 가 있었고, 엄마들은 아이들을 깜짝 놀라게 해주기 위해 따로 모여 버스를 타고 갔다. 엄마들이 소풍 장소에 도착하자마자 아이들은 자기 엄마를 알아보고 짧은 다리로 마구 달려와 엄마에게 와락 안겼다. 너무나도 사랑스러운 모습이었다. 엄마와 아이들은 한데 모여 삼삼오오 인사를 하기 시작했다.

"어머, 언니! 뭐야 오늘 화장한 거야?"

"어머, 넌 뭐야 이 원피스 오늘을 위해서 산 거지?"

"히히, 언니. 언니는 과일 뭐 싸왔어?"

"난 포도랑 키위. 너는?"

왁자지껄 엄마들과 아이들이 한데 섞여 웃음과 수다를 퍼트리고 있을 때, 그 무리를 물끄러미 지켜보던 한 엄마가 있었다. 서준 엄마였다. 서준 엄마는 무표정하게 카톡 방 멤버 무리를 잠깐 쳐다보다가 이내 저쪽으로 스윽 지나갔다. 나는 그런 서준 엄마에게 말을 걸까 말까 하다가, 하지 않았다.

행사는 무난하게 진행되었고, 이윽고 점심시간이 되었다. 이미 한쪽 테이블에는 카톡방 멤버 엄마들이 모이기 시작했다. 나는 '저쪽 무리에 껴야 하나 말아야 하나, 저쪽 무리가 아니면 다른 누구와 점심을 먹어야 하나' 고민하며 주변을 두리번거리고 있었다. 그때 담임 선생님이 내게 '이리 오라'는 손짓을 하셨다.

'잘됐다, 선생님이랑 같이 먹자.'

그런데 선생님은 두리번거리고 있는 또 다른 엄마를

불러 앉혔다. 역시나 서준 엄마였다. 어린이집 선생님의 노련함이란 이런 것일까. 선생님은 엄마들 사이의 분위기를 아시는지 모르시는지, 아이들은 본인이 챙길 테니 우리더러 마음 편하게 식사하라고 하시며 현민이와 서준이에게 밥을 떠먹여 주셨다.

나는 식사 도중에 흘끗흘끗 채아 엄마네 식탁을 쳐다보았고, 우리 둘은 눈이 마주치자마자 누가 먼저랄 것도 없이 서로 시선을 돌렸다. 나는 어색하지만 어색한 티를 최대한 내지 않으려고 노력하면서 선생님과 서준 엄마와의 식사를 끝냈다. 행사 내내 최고의 난이도로 나를 긴장시켰던 '점심 식사를 누구와 할 것인가'가 해결되고 나니, 한결 마음이 편안해졌다. 그렇게 행사는 몇 장의 사진을 남기고 별 탈 없이 마무리되었다. 이로써 서준 엄마와 나는 무리에 못 끼는 엄마라는 것이 더욱 공고해지는 것만 같았지만 말이다.

단체 카톡방에서 좌장 역할을 맡고 있는 채아 엄마는 은따 문제는 차치하더라도 내겐 좀 부담스러운 캐릭터였다. 그녀는 단체 카톡에 늦게 대답하는 나에게 '언니는 매일 뭐하는데 그렇게 바빠?', '살림에 충실한 스타일인가

봐?' 등의 말로 에둘러 내가 단체 카톡방에 조금 더 충실하길 바랐고, 자주 점심 식사 회동 등을 기획했다. 또한 그녀는 내가 개인 사정으로 모임에 빠지는 것에 대한 섭섭함을 여지없이 드러내곤 했다. 이렇게 채아 엄마와 내가 삐걱거리는 시간들이 쌓여갈수록, 나는 단체 카톡방과 멤버 엄마들이 점점 더 부담스러워졌다. 나는 적정한 시기가 되면 그 방을 빠져나와야겠다고 다짐했다. 그러던 어느 날, 카톡방의 대화 수가 '0'이 되었다. 느낌이 왔다. 맞다. 그거다.

한편으로 나는 엄마들과의 관계에서 이런 문제가 발생하는 것이 귀찮기도 했다. 현민이는 어린이집에 무척이나 적응을 못했고, 거의 매일 눈물 바람으로 등원했다. 또 하원하고 집으로 돌아오면 자신을 엄마 없는 그곳에 데려다 놓은 나를 질책이라도 하겠다는 듯이 엄청난 짜증 폭탄을 터트렸다. 그러면 나는 아이를 어르고 달래다가, 윽박도 질렀다가, 또 엄마가 화내서 미안하다며 반성하기를 무한 반복했다. 게다가 현민이는 기관에 다니면 꼭 걸리곤 한다는 감기, 장염, 수족구, 폐렴 같은 온갖 전염병을 예외 없이 앓아서 그해 여름에만 두 번이나 어린이 병원에 입원까지 해야 했다. 내겐 육아만으로도 충분히 고단한 나날들이었다. 그런데 이런 일까지 일어나다니⋯⋯. 어린이집 엄마들을 만나서 육아 스트레스도 풀고 서로가 서로에게 위로가 되어주길 바랐는데, 이건 나의 너무 순진한 기대였던 걸까. 아이가 어린이집을 다닌다고 해서 육아의 고단함이 획기적으로 개선되는 것도 아니었고, 또 사귀게 된 어린이집 엄마들이 내 삶에 따뜻한 위로가 되어주지도 않았던 나날들. 그렇게 시간은 지나가고 있었다.

두어 달쯤 뒤에 단체 카톡방 멤버인 유빈 엄마에게서 연락이 왔다. 유빈 엄마는 본인이 다음 달에 다른 아파트로 이사를 간다며, 이사 가기 전에 나를 따로 한번 만나고 싶다고 했다. 그렇게 만난 자리에서 유빈 엄마가 내게 물었다.

"언니, 예전에⋯⋯ 우주 엄마한테 무슨 말 한 적 있지 않아?"

"어?"

"왜, 우리가 서준 엄마 은따하는 거 같아서 마음 불편하다고 언니가 우주 엄마한테 그랬었다며?"

"아, 그거. 어…… 그랬었지."

"언니, 세상에 비밀 없는 거 알지. 우주 엄마가 채아 엄마한테 언니가 한 말 그대로 다 말했다니까. 그래가지고 채아 엄마가 그 이야기 전해 듣고 완전 난리 났었잖아. 언니, 채아 엄마 성격 완전 장난 아니던데? 친해지고 싶으면 저희들끼리 따로 사귀면 되지, 왜 쓸데없이 자기를 들먹이냐면서. 그때 막 열 받아서 소리 지르고 그랬어. 그리고 바로 언니 없는 단체 카톡방 만들었잖아. 우리 주로 그 방에서 이야기한 거, 언니도 대충 알고 있었지?"

"내가 바보냐. 그것도 모르게. 그래서 너는 이사 가기 전에 그거 나한테 말해 주려고?"

"그냥 뭐 그렇다고. 언니 있잖아. 채아 엄마, 지수 엄마, 우주 엄마 그 셋이 완전 친해. 지수 엄마 그것이 나는 안 끼워주고 셋이서만 기타인지 뭔지 배우러 다니는 거 있지."

유빈 엄마는 본인도 이런저런 사연으로 카톡방을 나왔고 그래서 지금 너무 마음이 아프다는 이야기, 또 단체 카톡방 멤버들이 나를 험담한 이야기 등을 주저리주저리 늘어놓았다.

"아…… 근데 유빈 엄마, 내가 집 청소를 너무 안 해놔서 말이야. 이제 좀 가봐야 할 것 같아."

나는 청소를 핑계로 유빈 엄마와의 대화를 중간 생략하고 집으로 돌아왔다. 대략은 예상하고 있었던 내용인지라 이야기 그 자체보다 '내가 어쩌다가 여기까지 왔나, 왜 이런 이야기를 듣고 있어야 하나'라는 생각이 들면서 갑자기 내 신세가 처량하게 느껴졌다. 그러다가 나, 유빈 엄마, 채아 엄마, 지수 엄마, 우주 엄마 그리고 서준 엄마까지 우리는 도대체 뭔가…… 하는 생각이 들었다. 물론, 나는 그녀들이 미웠다.

그날 밤, 나는 대화도 없는 단체 카톡방에 '모두들 건강하게 잘 지내세요'라는 짧은 글을 남기고, 문제의 그 방을 나왔다. 그렇게 나의 고대하고 고대했던 어린이집 엄마 사교계 진출의 짧은 행보는 대단원의 막을 소심하고 쓸쓸하게 내렸다. 정말이지 이보다 더 꼬이고 이상하고 '찌질'할 순 없었다.

단체 카톡방에 마지막 인사를 쓰는 그 잠깐 동안, 나는 속이 아주 후련했다. 은행에 연체된 고지서를 다발로 들고 가서 싹 다 처리하고 뒤돌아섰을 때 느껴지는 후련함이란 게 이런 기분일까. 나는 그 단체 카톡방에 자신을 너무 오랫동안 방치해 두어서 스스로에게 미안했던 부채감을 깔끔히 날려버렸다. 지금 와서 생각해보면 어차피 대화도 없는 방, 굳이 뭘 그렇게 인사까지 하고 나왔을까 싶지만, 나는 내 손으로 직접 그녀들과의 꼬인 관계를 정리하고 싶었다. 그녀들이 '뭐야, 저 언니 갑자기 왜 저래'라고 하든 말든 우선 내 마음은 홀가분했다. 이것이 모자란 내 사회성을 적나라하게 드러내는 행동이라 할지라도, 그렇게라도 해서 그간 시달려왔을 내 마음을 잠시나마 달래주고 싶었다.

'은따, 프랑스 마크롱 대통령, 사마르칸트, 트러플 오일.'
나는 이 단어들을 알지만, 모른다. 어디서 들어는 봤는데 관심 없어서 알아보려고 하지 않은 단어들, 혹은 경험해보지 못해서 모르는 단어들이다. 하지만 이제 '은따'라는 단어에 대해서는 어느 정도 '안다'고 할 수 있다. 흔히 은따를 당하면 외로움이 가장 힘든 점일 것이라 예상하겠지만 내게 외로움은 매우 부차적인 것이었다. 은따 경험은 '사람들은 이럴 거야'라고 당연하게 가지고 있었던 인간에 대한 기본적 신뢰를 무참히 깨뜨렸다. 나는 혼란스러웠다. '인간이 인간에게 가지는 기본적 예의', 이런 건 우리 6명에게는 없었던 걸까. 서준 엄마와 나를 따돌려도 된다고 누가 그녀들에게 엄중하고도 치졸한 자격을 주었던 걸까.

사건을 관통하고 있을 당시 나의 기본 감정은 '분노'였다. 스스로 '가만히 있음'을 선택한 무기력한 나에 대한 분노. 은따를 너무나도 아무렇지 않게 제안한 평범한 인간에 대한 분노. 또 그 제안에 동의하고 그것을 실행한 사람들에 대한 분노. 당시의 나는 이 감정을 어떻게 삭이고 소화시켜야 하는지 도무지 알 수 없었다. 그리고 궁금했다. 채아 엄마는 그렇다 치더라도 나머지 엄마들은 왜, 도대체 왜 서준 엄마를 잘 알지도 못하는 상태에서 그녀와는 말도 섞지 않는 것을 그렇게 쉽고 편하게 선택할 수 있었던 걸까. 그날 그 카페의 분위기가 그렇고 그래서? 아니면 모임장이라는 채아 엄마의 위치 때문에? 더 솔직히는 싫은 티를 내면 나처럼 본인도 은따를 당할지도 모른다는 어울림과 내쳐짐의 공포를 우리 어른들은 이미 너무 잘 알고 있기 때문에?

어떤 집단의 경계 밖으로 내쳐지는 것은 두려운 일이다. 매일의 삶의 기반이 그들과 동일한 공간이라면 더더군다나 그러하다. 학교, 직장, 사는 동네……. 나 또한 상대하기 껄끄러운 그녀들을 피하고자 한다고 해서 피할 수 있는 상황이 아니었다. 우리는 같은 아파트 단지에 살고 있었기 때문에 눈 뜨고 움직이면 무조건 부딪힐 수밖에 없었다. 아이 어린이집 등하원 시간에도, 마트에서 장 보다가도, 놀이터에서 아이랑 놀다가도, 동네 커피숍에서 오랜만에 친구와 수다를 떨다가도 나는 그녀들과 자주 마주쳤다. 그럴 때마다 우리는 약속이나 한 듯, 가벼운 목례 정도는 나누었다. 가끔은 서로의 안부를 물으며 몇 마디 말도 섞었다. 이 사건을 모르는 남들이 우리를 볼 때 이상한 기류를 눈치채지 못할 정도로 세련되게 서로 간에 계산된 예의를 지켰다.

우리는 어쩌다 이렇게 된 것일까. 나는 그녀들에게 묻고 싶었다. 어쩌면 용기 내서 물어야 했을 것이다. "우리, 이래도 되는 걸까?"라고. 그러면 그녀들은 "왜? 내가 뭘 잘못했어? 난 그냥 채아 엄마가 원하는 대로 했을 뿐이야. 난 채아 엄마를 좋아하니까. 그리고 뭐, 나만 그랬어? 거기 있는 사람들 다 같이 그랬잖아. 가만히 있던 너, 가만히 있는 것도 동의하는 거라는 거 몰라? 왜 이래? 너만 도덕적이야?"라고 대답할지도 모른다. 물론, 이 말도 맞는 말이다.

세상에서 가장 평화롭고 평등할 것이라고 예상한 동네 아줌마들 모임. 그러나 이곳 또한 인간이 사는 세상인지라 권력의 기울기가 생기고 암투가 발생한다. 그 사이에서 누구랑 누가 엄청 친하다는 등의 줄서기가 일어나고 ○○ 엄마파, □□ 엄마파 등의 파벌이 생겨난다. 이 거대한 파고를 버텨내고자 우리는 자신과 내 아이를 위한다는 명목으로 인간에 대한 예의 혹은 공감 정도는 스리슬쩍 버리기도 한다. 이 뼈 때리는 일상을 마주하면서 나는 비겁했다.

'남의 일인데 뭘. 내 일 아니야. 서준 엄마 일이지. 이런 건 모르는 척 하는 게 도와주는 거라고. 내가 나서서 뭘 어떻게 해결할 건데. 아, 몰라 몰라. 나 살기도 너무 힘들다고.'

나는 이 변명 뒤에 숨었다. 지금까지 내가 읽은 철학책, 심리학 책, 친구들과 나누었던 수많은 대화들은 단 한 발짝도 움직이지 못하는 내 몸 앞에서, 부글부글 끓기만 했던 내 마음 앞에서 무용한 것이 되어버렸다. 피해자인 척하며 침묵하는 나나 사건의 시발점이라고 할 수 있는 채아 엄마나 그저 한 끗 차이일 뿐, 몇 년의 세월이 지나고 나니 이제 누가 더 인간성이 괜찮은 사람인지도 잘 모르겠다.

'인간이란 무엇인가. 인간관계란 무엇인가. 권력이란 무엇인가. 그리고 선은 무엇이고 악은 무엇인가.'

은따 사건을 관통하며 갑자기 내 인생에 철학이 필요한 시간이 훅 하고 찾아왔다. 하지만 내가 철학 책 두어 권을 통째로 씹어 삼킨다 한들, 다음번에 내가 이와 비슷한 사건을 겪었을 때 단 한 발짝이라도 움직여서 '우리 이래도 되는 걸까?'라는 내 안에 맴도는 질문을 용기 내어 목소리로 낼 수 있을지는 여전히 자신 없다. 아는 것과 행동하는 것, 광야처럼 드넓은 그 간극을 나는 한 발짝이라도 줄일 수 있는 사람이었던가. 아니, 그런 사람이고자 하는가.

나, 채아 엄마, 그리고 그녀들. 우린 모두 그냥 그렇고 그런 사람인 채로 어떤 평행선 위에 놓여 있다. 이 사건은 묻혔고, 시간만 아무것도 모른 척 무심히 흘러간다. 우리의 아이들은 어느새 쑥쑥 자라 어느 해부터인가 같은 초등학교를 다니고 있다. 채아 엄마 그룹 사람들과 나는 아이들 등하교 시마다 몇 년 전 아이들을 같은 어린이집에 보냈던 그때처럼 또 아무렇지도 않은 척 인사를 나눈다. 여전히 채아 엄마와 그녀들은 서준 엄마와는 가벼운 목례조차 나누지 않는다. 그녀들은 나와의 사이에서 그리고 서준 엄마와의 사이에서 아무 일도 없었다는 듯, 그렇게 시치미를 뚝 떼고 살고 있다. 나는 여전히 다 알지만 모르는 척을 한다. 악은, 평범한 곳에 있다.

수많은 채아 엄마들을
이해하기 위한 세계관

남편은 말했다.

"게임에서 만렙이 되려면 말이야. 제일 중요한 게 뭔 줄 알아? 전략? 스킬? 아니면 무기 같은 아이템? 그건 하수들한테나 필요한 거지. 게임에서 만렙이 되기 위해서 가장 중요한 건 말이야, 세계관! 그 게임을 설계한 사람들 머릿속에 들어갔다 나와야 되는 거야. 그게 이해되지? 그럼 게임 끝이야."

그러면서 남편은 사뭇 진지하게 게임 관련 책을 정독 하곤 했다.

'그렇군.'

만나는 아줌마들에게 친절하게 미소 지으며 그녀들의 이야기에 손뼉 치며 응수해 주는 '잔기술'보다 내게 더 근본적으로 필요한 건 동네 아줌마들이 가지고 있는 세계관에 대한 이해였다. 천왕성에서 온 이 아줌마, 해왕성에서 온 저 아줌마를? 너무 어렵다. 초보 아줌마인 내가 무엇을 어떻게 해야 아줌마들이 가진 세계관을 각 레벨별로 이해하고 넘어갈 수 있단 말인가.

일단 아줌마들 개개인이 중요하게 생각하는 가치관과 태도가 다를 것이다. 그녀들 사이에서 벌어지는 사건의 형태도 제각각일 테고, 또 그렇게 일어나는 사건마다 일정한 판단의 준거 또한 없을 것이다. 아줌마들은 '뭘 그렇게 따져. 우린 원래 그래'라고 퉁치고 말테지만, 그럼에도 나는 이 세계를 이해해야만 한다. 이 세계야말로 지금부터 내가 살아가야만 하는 세상이기 때문이다.

나는 몇 년 전에 겪은 '은따 사건'을 한번 생각해 보았다. 채아 엄마와 그녀들은 도대체 왜 그랬을까. 나는 아무리 생각해봐도 이 사건을 어떻게 받아들여야 할지 도무지 감을 잡을 수 없었다. 그럴 땐 어쩔 수 없다. 그 사람이 되어 보는 수밖에. 어렵지만 지금까지 배워온 삶의 기술

과 상상력을 총동원하여 단편 드라마를 한 편 찍어보는
거다. 지금부터 나는 그 드라마의 제작 총괄 감독이 되어
야 한다. 등장인물은 채아 엄마, 나, 서준 엄마, 지수 엄마,
우주 엄마……. 감독이 되어 이렇게 각각의 인물을 그려
보면, 어느 지점에서 그 인물을 이해하게 될지도 모를 테
니 말이다.

채아 엄마

그녀는 작년에 서준 엄마와의 관계가 틀어지는 일을 겪
었다. 아마도 채아 엄마는 서준 엄마보다 좀 더 일찍 사람
들을 사귀어 두고 싶었을 것 같다. 어쩌면 그해 3월 가장
긴장하고 있었을 사람은 아마도 채아 엄마였을지도 모를
일이다. 그녀는 그녀 나름대로 4세 엄마들과의 관계에서
본인이 장의 역할을 선점해야 한다는 압박 같은 것을 느
끼고 있지는 않았을까?

　이곳 신도시 육아맘은 너 나 할 것 없이 대부분 독박육
아다. 육아의 고단함과 외로움의 경중을 서로 간에 비교
하고 따지는 것이 무의미할 정도로 초보 엄마들은 다들
비슷비슷하게 심신이 지쳐 있다. 아이 키우면서 홀로 올

컥하고 울어 보지 않은 엄마가 어디 있으랴. 채아 엄마 역시 그런 육아맘 중 한 명일 테고, 그런 그녀 또한 나만큼이나 외로웠을 것이다. 어쩌면 나보다 더 사람을 그리워하고 사귀고 싶어 했을지도 모른다.

채아 엄마는 서준 엄마와의 사이가 좋았던 시절에는 반찬도 나눠 먹고, 서로의 아이를 한두 시간씩 봐 줄 정도로 꽤나 돈독하게 지냈었다고 한다. 사람을 좋아하고 친해지고자 노력했던 채아 엄마의 한 면모라 할 수 있겠다. 그런 채아 엄마는 채아가 4세가 되면 새롭게 다른 엄마들을 사귀어 다시 돈독한 관계를 맺고 싶었을 것이다. 서로를 챙기며 육아와 삶의 이야기를 나누면서 말이다. 이 또한 나의 바람과 별반 다르지 않다. 채아 엄마의 사람 사귀는 방식이 여러모로 나와는 맞지 않았지만, 단체 카톡방의 좌장으로서 사람들을 챙기며 그룹 사람들 관리에 가장 애쓴 사람 역시 채아 엄마였다.

채아 엄마 입장에서는 내가 꽤나 눈엣가시였을 것 같다. 갑자기 모임에 서준 엄마를 사람들에게 공지도 하지 않고 데려오질 않나, 그래서 원치 않게 자신의 과거 인간관계의 오점이라면 오점이라 할 수 있는 서준 엄마와의 관계를 앞뒤 헤아릴 새도 없이 욱하고 밝혀야 했고…….
내가 단체 카톡방 사람들과 확 친해지지도 않으면서 또
카톡방에서 나가지도 않으니, 채아 엄마에겐 서준 엄마보
다 내가 더 뜨거운 감자이지는 않았을까? 나를 내치자니
뚜렷한 사건 사고나 명분도 없고, 그렇다고 끌어안자니
마뜩지 않고. 채아 엄마도 꽤나 할 말이 많을 듯하다.

그녀들

나를 제외한 4명의 엄마들은 채아 엄마의 서준 엄마 은따
제안을 '눈빛 교환'으로 받아들였다. 실제 눈빛 교환 실행
은 지수 엄마가 했지만 지수 엄마는 행동 대장 격일 뿐,
배후는 채아 엄마였다. 그날 이후 누구도 놀이터 같은 공
개적인 장소에서 서준 엄마와는 말도 섞지 않으며, 그녀
들만의 리그에서 의리를 지켜왔다. 그런데 그녀들이라고
일말의 고민이 없었을까?

그녀들은 채아 엄마를 인간적으로 이해하고 좋아했던
걸까. 아니면 그 제안은 좀 껄끄럽지만 엄마들 그룹에 속
한 소속감과 안정감을 선택한 걸까. 나는 이러지도 저러
지도 못했고, 남편은 이런 나를 보며 '당신의 그 어설픈

정의감 때문이냐'고 놀려대기도 했다. 나는 잘 알지도 못하는 누군가를, 또 잘 알지도 못하는 누군가의 제안으로 은따하는 행동을 할 수는 없었다. 내가 도덕적으로 더 나은 사람이기 때문은 아니다. 나도 만약 뒤늦게 단체 카톡방에 합류한 것이 아니라 그녀들처럼 미리 채아 엄마와 친해지는 시간을 가졌더라면, 나 또한 그 제안에 누구보다도 더 적극적으로 동참했을지 모를 일이다. 개인의 도덕성의 높고 낮음보다는 친분도가 우리의 행동을 결정하는 경우가 많으니 말이다. 우리는 올바른 사람보다는 친한 사람의 편이 되곤 한다. '옳음'보다 '친함'을 선택하는 것이다. 분명히 이성적으로는 이러면 안 되는 것을 너무나 잘 알면서도 어쩔 수 없이 친한 사람의 말을 듣게 된다. '에이, 사는 게 뭐 다 그렇고 그런 거지' 하면서 말이다. 이래서 정 들면 무서운 건가. 날 선 도덕과 이성보다는 지나고 보면 스스로도 이해가 잘 안 되는 그때그때의 감정에 따라 대충 결정하게 되는 게 또 우리네의 일상적 삶인가 보다.

그럼 다수의 선택은 과연 옳은 걸까. 다수인 4명이 채아 엄마의 제안을 받아들였다. 다수가 받아들인 '어떤 이유'가 있을 테니, 다수가 선택한 것이라면 그것은 항상 더 옳은 결정이라고 할 수 있을까? 내게 이 문제는 '옳고 그름'보다는 '힘'의 문제로 다가왔다. 놀이터나 아파트 광장 등에서 채아 엄마를 포함한 5명의 엄마들은 아이들을 함께 놀게 하곤 했다. 그렇게 단순히 5명이 모여 있는 것만으로도 나에게 그녀들은 매우 파워풀하게 보였다. 멀리서 봐도 어깨에 잔뜩 힘이 들어간 어벤져스 캐릭터들처럼 그녀들은 특정 공간을 다수라는 잔뜩 뭉쳐진 힘으로 전세 내어 지배하고 있었다. 그 기운에 눌려서일까, 나는 그녀들 근처에 접근할 수 없었다. 채아 엄마와 나 이렇게 단둘이 맞닥뜨린 상황이라면 나도 '거, 좀 해 볼 만하겠는데' 싶었을지 모르겠으나, 그녀는 항상 다른 엄마들과 함께 있었고 나는 거의 혼자였다.

나는 나의 아이가 그녀의 아이와 놀다가 어떤 문제라도 생기면 무조건 내 아이의 잘못이 될 것만 같은 불안함을 느꼈다. 뒤돌아서면 그룹의 엄마들이 내 아이를 언짢게 여기거나, 내가 어떤 대처를 했다 하더라도 아이 엄마인 나를 오목조목 뜯어보게 될 상황이 그려지곤 했다. 그래서 웬만하면 그녀들의 아이들이 노는 곳을 피해 다른 장소에서 나의 아이를 놀게 했다. 서준 엄마도 나와 비슷하지 않았을까. 이것이 다수가 가지는 힘이다. 그룹에 속한 엄마들이 힘의 논리를 따지고 계산해서 움직였다고 볼 수는 없다. 친분감의 연대일 가능성이 가장 크다. 하지만 다수는 모여 있는 것만으로도 일단 힘을 가지기 마련이다. 초중고 학창 시절 12년을 30명 이상의 학우가 한 반에서 보낸 우리가 이 힘의 논리를 모른다고 할 수는 없지 않을까.

외로운 독박육아의 고단함을 나눌 수 있는 친구를 사귀고 싶은 마음, 그룹이 주는 소속감과 안정감을 얻고 싶은 마음, 그리고 힘의 논리……. 엄마들에게는 이 모든 것이 섞여서 '그룹에 속할 것인가? 말 것인가?' 하는 문제가 늘 화두다. 청소년 시절 학교에서 겪었던 은따, 왕따, 에이스 그룹의 폭력성 문제가 그대로 엄마들 버전으로 아이 문제까지 섞여서 좀 더 버라이어티하게 재현된다고나 할까. 그래서인지 엄마들 모임은 참 잘 결성되지만 그만큼 쉽게 와해되기도 한다. 신자유주의식 만남의 유연함인지 아니면 서로가 서로에게 온전히 진심이 아니어서 그런 것인지 이런저런 복잡다단한 이유들이 있겠지만 사실 다들 조금씩은 외롭고 어설프고 유치하기도 하다는 것, 그리고 매우 실리에 빠르다는 것(꼭 경제적인 문제가 아니라 감정적인 것이라 할지라도) 정도는 나도 조금은 감을 잡은 것 같다.

그래도 신학기마다 혹시나 하는 기대를 가지고 엄마들끼리 사귀어 보려 하는 가장 큰 이유는, 아이 친구를 마련하기 위함도 교육 정보를 나누기 위함도 아닌 엄마 본인이 '사람이 그리워서'는 아닐까. 이렇다 할 관심 있는 취미도 없고 그렇다고 무엇 하나 붙잡고 배우자니 그럴만한 여력도 없고. 어디 가서 사람 만나는 게 쉽지 않은 '엄마 사람'이 또 가장 자연스럽게 사귈 수 있는 사람 또한 '아이 친구 엄마 사람'이기에.

엄마가 아이에게 하는 말 중에 이런 말이 있다.

"넌 네 친구 만나지, 난 네 친구 엄마 만나."

'네' 친구 엄마가 온전히 '내' 친구가 되기까지, 우리는 2차 관문과도 같은 관계 맺음의 어떤 문턱을 넘어가야만 한다. 남의 아이 또한 내 아이 못지않게 소중한 존재임을 인정하고 각자 육아 방식의 다름을 받아들이면서 말이다. 그래서 분명 어렵지만, 그래도 우리 엄마들은 아이를 함께 키워나가고 싶은 마음에 만남을 유지한다.

이 세상에는 하나의 기준으로 설명할 수 없는 넓은 스펙트럼의 아줌마들이 존재한다. "사랑은 교통사고처럼 오는 거야"라는 드라마 대사가 있다. 이 말처럼 나와 마음 맞는 아이 친구 엄마가 어느 모임에서 교통사고처럼 갑자기 나타날 수도 있으니 엄마들은 일단 같은 학교, 같은 반 모임에 나가본다. 소개팅에 나가듯 '혹시나' 하면서 말이다. 그녀들과 커피 한잔하고 나선 '역시나' 하면서 돌아설지라도.

나의 호의가 태우 엄마에게는 권리

태우 엄마와는 놀이터에서 사귀게 되었다. 아들이 둘인 태우 엄마는 당시 일곱 살 태민이와 네 살 태우를 키우고 있었다. 태우는 현민이와 동갑인 데다 활동적인 성향 또한 매우 비슷했다. 둘 다 키우기 만만치 않은 녀석들이었고, 육아에 지쳐 있던 나와 태우 엄마는 남자아이를 키우는 고단함을 공감하며 친분을 쌓게 되었다. 태우 엄마는 말을 참 재밌게 잘해서 같이 있으면 유쾌해지기도 했고, 남자아이 육아 3년 선배로서 육아 노하우를 조언해 주기도 했다. 그렇게 우리는 자연스럽게 가끔 커피를 마시는 사이가 되었다.

태우는 현민이와 다른 어린이집에 다니고 있었는데, 신학기가 한참 지난 6월 즈음 우리 어린이집에 자리가 생겨 태우가 들어오게 되었다. 태우 엄마와 나는 같은 어린이집 엄마가 되었지만, 태우 엄마는 첫째 친구 엄마들 위주로 모임을 가지고 있었기에 둘째인 태우 친구 엄마들 모임에는 그다지 큰 관심을 보이지 않았다. 그러던 어느 날, 태우 엄마에게서 점심 식사를 같이 하자는 연락이 왔다.

"우리 좋은 데 가서 비싼 거 먹자."

좋은 데서 비싼 거? 이게 얼마 만인가. 그날 나는 안 하던 화장도 하고, 잘 입지 않던 치마도 입고, 에코백 대신 가죽 가방도 들며 나름 멋을 부렸다. 우리는 동네에서 제법 분위기 있다고 소문난 식당으로 향했다. 나는 칼질하는 메뉴를 골랐고 음식이 나오기를 기다렸다.

"우리 와인 딱 한 잔씩만 마실까. 입가심으로?"

훅 들어오는 태우 엄마의 일탈적 제안. 오! 대낮에 술이라니? 좋다. 너무 좋다. 까짓 거 마십시다.

그날 술기운 때문이었을까. 태우 엄마는 나에게 자신이 결혼하게 된 이야기를 들려주었다. 양가의 반대를 무릅쓰고 어렵사리 결혼에 골인하게 된 로맨틱하면서도 감동적인 이야기였다. 이 모든 역경을 이겨내고 애 둘 낳고 잘 살고 있는 그녀가 참 대단해 보였다. '이쯤에서 나도 비밀 하나 털어놓아야 하나' 싶어 지금 아이들이 다니는 어린이집 4세 엄마들 사이에서 일어난 은따 사건, 결국엔 나도 은따가 되어버리고야 말았던 사연을 털어놓았다. 그러자 태우 엄마는 쿨하게 말했다.

"걔네들 진짜 철없다. 너, 엄마들 겪는 거 올해 처음이지? 나는 이 아줌마, 저 아줌마 다 만나봐서 그런지 그 정도는 뭐 일도 아니야. 태민이 4살 때인가, 자기 애 한 대 때렸다고 우리 태민이한테 분노조절장애가 있다고 온 동네에 소문내고 어린이집 원장한테까지 말한 엄마도 만나봤어. 태민이 좀 별난 거 가지고 뒤에서 말한 엄마들이 어디 한둘이겠어? 내가 다 알면서도 넘기고 모르면서도 넘기고 그랬지. 애가 친구가 좋다니까 어쩌겠어. 내 애가 좋다고 하는 애 엄마가 나랑 잘 맞으면 진짜 천만다행이지. 근데 뭐 그런 사람이 어디 흔하겠어? 그냥 다들 참고 만나는 거야. 어휴, 엄마들끼리 그렇게 지내다가 또 사이 틀어지기도 하고 그런 거지 뭐."

"아아, 그래? 원래 이 바닥이 그런 거야?"

나는 고개를 끄덕거리며 응수했다. 태민 엄마는 말을 이었다.

"앞으로 이보다 더한 일도 겪게 될지 몰라. 현민이도 한시도 가만있지 못하는 엄청난 비글이잖아. 엄마들 사이에서 계속, 쭉, 자주 이런저런 일 겪게 될 거야. 그래도 시간 지나면 자연스럽게 좋은 사람도 사귀게 되니까 너무 쫄지는 말고."

태우 엄마는 자신의 건강 문제로 첫째 태민이를 돌 지나고 나서 바로 어린이집에 보냈다. 그래서 어린이집 엄마들과 사귀는 이 바닥 생활만 벌써 만 5년째로, 그녀는 엄마들 사이에서 부는 바람이 동풍에서 서풍으로 방향만 바뀌어도 바뀐 판세의 흐름을 정확하게 읽을 수 있는 무림의 절대고수 같았다. 태우 엄마에 비하면 나는 아직 저 구석에서 허공에 대고 찌르기 정도를 연마하는 신참 견습생이라고나 할까. 태우 엄마는 사뭇 비장하게 내게 당부했다.

"그런데 이제부터 그런 이야기를 동네 아줌마들한테 절대 하면 안 되는 거 알지? 동네 아줌마들한테는 맘 다 터놓고 그러면 안 돼요. 일단 간을 봐. 간을 최소 3달은 봐야지. 속상한 일은 저기 아주 멀리 아무도 이 동네 아줌마를 모르는 서울 언저리 어딘가에 살고 있는 중학교 동창, 뭐 이런 애들한테 해야지. 이 동네에서 말 한번 잘못 퍼졌다가는 이삿짐 싸는 거, 그거 시간문제다. 오케이?"

아, 그렇구나. 동네 아줌마들한테 내가 은따인 거 말하면 안 되는구나. 속상할 땐 먼 데 사는 친구. 오케이.

그날 나는 태우 엄마에게 '이 바닥에서 살아남는 법'을 두어 수 정도 배운 것 같았다. 그렇게 태우 엄마와 나는 그날 이후로도 같이 식사하고 커피도 마시면서 친분을 계속해서 쌓아갔다.

어느 날 저녁 식사를 한참 준비하던 오후 6시쯤, 태우 엄마에게서 전화가 왔다.

"우리 집에 해열제가 없는데 태우 열이 펄펄 나네. 맥시부펜(이부프로펜 계열 해열제)이 안 들어. 너희 집에 타이레놀(아세트아미노펜 계열 해열제) 혹시 있어? 있으면 내가 갈까? 아니면 애 때문에 그런데, 좀 미안하지만 네가 좀 가져다줄 수 있어?"

나는 끓이던 미역국의 불을 끄고 해열제를 챙겨 현민

이의 손을 잡고 태우네 집으로 향했다. 태우 엄마에게 해열제를 건네주고 돌아오면서 마음이 뿌듯했다. 뭔가를 나눌 수 있는 사이가 지척에 있으니 든든했다. 내가 누군가에게 도움을 주는 것, 그 자체가 너무 오랜만이었다. 그래, 이런 기분이었지. 별것도 아닌 작은 도움이었지만 꽤나 보람을 느꼈다.

그리고 어느 날 오후, 태우 엄마에게서 또 전화가 왔다.

"저기, 우리 집에 갑자기 온수가 안 나오는데 관리사무소에 연락했더니 고치는 데 시간이 좀 걸린다네. 근데 내가 오늘따라 애들이랑 물감놀이를 한 거야. 미안하지만 너희 집에 가서 우리 애들 샤워 좀 시켜도 될까?"

"어, 그래? 아…… 그래그래."

전화를 끊고 10여 분 정도 지났을까. 온 몸에 물감 칠된 아이 둘과 태우 엄마가 우리 집으로 들어왔고 그녀는 차례대로 두 아이를 씻겼다. 샤워가 끝난 후, 아이들은 현민이 장난감을 보더니 여기서 놀다 가겠다고 떼를 썼다. 나는 아이들에게 "그래. 여기서 놀다가 천천히 가"라고 했다. 어느덧 저녁 식사 시간이 되었다. 현민, 태우, 태민이는 놀이에 한창이었고, 나는 태우 엄마와 아이들에게 저녁 식사로 돈가스를 튀겨 주었다.

어느 날은 아침 8시에 전화가 왔다.

"저기 현민이 엄마, 나 부탁이 하나 있는데 자기한테 좀 해도 될까? 내가 오늘 서울에 다녀와야 하는 일이 급하게 생겨서 말이야. 오후에 현민이 하원할 때 우리 태우도 좀 같이 부탁할까 해서. 우리 태우 오늘 하루만 자기가 좀 같이 봐줄 수 있지? 내가 늦어도 저녁 6시까지는 갈게."

"아…… 그래……."

그러나 태우 엄마는 저녁 식사 시간이 다 되도록 오질 않았고, 나는 현민이와 태우의 저녁을 챙겨서 먹였다. 태우 엄마는 저녁 9시쯤 태우를 데리러 왔다.

그날 이후에도 태우 엄마는 자기 집 인터넷이 갑자기 안 되니 공대 나온 내가 와서 좀 봐 달라, 코스트코 회원권을 빌려 달라, 우리 집 컬러 프린터기를 사용하게 해 달라며 내게 전화하고, 전화하고, 또 전화했다. 이쯤 되니 좀 헷갈리기 시작했다. 원래 엄마들끼리 친해지면 이 정도의 부탁은 그저 쉽게 주고받는 걸까. 태우 엄마의 여러 부탁을 받는 동안, 나는 단 한 번도 태우 엄마에게 그 어떠한 것도 요구한 적이 없었다. 지금까지의 나는 남에게 부탁을 잘 하지도 않거니와 웬만한 일은 스스로 알아서 해결하며 살아왔다. 그런데 이젠 아줌마가 되었으니 동네 사람들과 언니 동생하며 격 없이 서로의 집을 오가는 것 정도는 으레 받아들여야 하는 것인지, 어디까지를 친분이라는 이유로 묻지도 따지지도 않고 수용해야 하는지 그 적정선을 알 수가 없었다. 그러면서 조금씩 태우 엄마와 나, 우리 사이가 어떤 사이인지 의문이 들기 시작했다.

하루는 현민이와 태우가 어린이집 하원 시간에 만나게 되었다. 태우는 현민이를 보자마자 엄마에게서 떨어져 현민이와 놀기 시작했다. 둘은 잡기놀이 비슷한 것을 하다가, 같이 흙도 파다가, 개미를 관찰하기도 하며 놀았다. 그렇게 아이들을 따라다니며 지켜보고 있었는데 어느새 태우 엄마가 보이질 않았다.

'웅? 어디 갔지?'

둘러보니 태우 엄마는 태민이 친구 엄마 그룹에 섞여 이야기를 나누고 있었다.

'아, 태우 엄마는 첫째인 태민이도 돌봐야 하지.'

별수 없이 나는 혼자서 태우와 현민이가 노는 것을 돌봐주었다. 아이들이 놀다가 넘어지면 일으켜주기도 하고,

목마르다고 하면 물도 주고 간식도 챙겨주고, 신발이 벗겨지면 신겨주기도 하면서 말이다.

다음 날도 그 다음 날도, 태우는 현민이랑 놀기를 원했다. 태우는 신기하게도 엄마를 잘 찾지 않았고 나를 보면 웃어주었다. 태우는 넘어지거나 현민이가 밀거나 과자가 먹고 싶거나 하면 언제부터인가 자신의 엄마가 아닌 나에게 오곤 했다. 그렇게 보름을 훌쩍 넘게 태우와 현민이가 노는 상황을 나 혼자서 돌보았다. 태우 엄마는 이제 이 상황이 당연하다는 듯, 첫째인 태민이 친구 엄마들 그룹에서 수다를 떨곤 했다. 나는 놀이터에서 현민이랑 태우를 한참을 놀게 하다가 집으로 들어갈 시간이 되면, 태우를 태우 엄마네 그룹에 데려다 주었다.

나는 이 상황이 불편하다고 태우 엄마에게 말을 할까 말까 고민하다가, 현민이와 태우가 만나지 않도록 현민이를 좀 일찍 하원시켰다. 그리고 다른 아파트 놀이터로 가기도 하고 둘이서 뒷동산으로 산책을 가기도 했다. 그런 식으로라도 태우와 태우 엄마에게서 당분간은 거리를 두고 싶었다. 그러면 아니나 다를까, 태우 엄마에게 전화가 왔다.

"너 지금 어디야? 태우가 현민이랑 같이 놀자고 하는데. 태우가 지금 현민이를 막 찾고 있어."

하, 이제는 피한다고 해결될 일이 아니었다. 말을 하자, 말을 해. 나는 다음 날 오전에 태우 엄마에게 잠깐 만나자고 했다.

"저기, 나 혼자 애 둘 보는 게 좀 그렇네. 체력적으로 버겁기도 하고. 너네 태우가 우리 현민이랑 같이 놀자고 하는 날에는 네가 태우를 좀 봐줬으면 좋겠어."

"아, 그래? 그게 그렇게 힘들었어? 난 몰랐네. 알았어. 뭐, 그렇게 하지 뭐."

태우 엄마의 반응은 예상외로 냉랭했다. 나는 '아, 그랬구나. 내가 너무 무신경했네'라고 할 줄 알았는데…….

태우 엄마는 내가 저 말을 했던 딱 그 날만 나와 아이들을 함께 돌보았다. 그다음 날부터 태우 엄마는 다시 예전과 똑같이 첫째인 태민이네 엄마들 그룹으로 돌아갔다.

'이건 아니다!'

다음 날부터 나는 현민이와 놀려고 하는 태우를 태우 엄마에게 돌려보냈다. 그리고 그 이후론 태우 엄마의 전화를 받지 않았다.

"그런 사람인 줄 몰랐어?"

친구들에게 이 이야기를 하자, 다 들은 친구들은 내게 물었다.

"어? 그러게⋯⋯. 몰랐네⋯⋯."

그런 사람? 태우 엄마는 과연 어떤 사람이었을까? 나는 왜 그녀에게 이런 의문조차 품지 않았을까. 기억은 늘 보정되고 모든 상황은 나에게 유리하게끔 편집된다. 대략 이런 이야기의 끝은 '나는 상처받았어'로 마무리되곤 하기에 나는 자기애, 자기연민, 자기비하와 같이 피해의식을 만들어 버리고야 마는 모든 사적 감정을 최대한 덜어 내고, 있는 그대로의 태우 엄마를 그려보고 싶었다. 하지만 그녀가 어떤 사람인지 정말이지 잘 그려지질 않았다. 태우 엄마는 본인이 나랑 많이 친하다고 생각해서 그렇게 행동했던 걸까. 아니면 사람을 사귀는 스타일이 그런 방식이었던 걸까. 그것도 아니라면 태우 엄마는 나를 이용해서라도 본인의 육아가 편해지는 상황을 유도해 나갔던 걸까. 모르겠다. 정말로 모르겠다. 그때의 나나 지금의 나나 '나는 태우 엄마를 잘 모른다'. 이것만큼은 확실하다.

당시 내가 이 동네에서 관계를 맺고 있는 사람은 태우 엄마, 단 한 사람이었다. 태우 엄마는 내가 어린이집 엄마들 사이에서 은따라는 사실을 알고 있었고, 그녀는 동네 아줌마들을 꽤나 많이 알고 있는 마당발이었다. 그래서일까. 그녀는 친구라곤 본인밖에 없고 엄마들 사귀는 것에 두려움을 가지고 있는 내가 어떤 면에서 만만하게 여겨졌을 것이다. 하지만 당시 나는 태우 엄마를 객관적으로 보려 하기보다는, 육아와 사회성 그리고 체력 저하 등으로 자존감이 바닥난 채 하루하루를 겨우 버텨내던 나 자신에게 더 큰 문제가 있다고 생각했었다.

타인의 심리나 상황을 교묘하게 조작해 그 사람의 현실감과 판단력을 잃게 만들어 타인에 대한 통제력을 행사하는 것을 '가스라이팅'이라고 한다. 이는 연극 〈가스등〉에서 비롯된 심리학 용어다. 연극에서 남편은 집 안의 가스등을 일부러 어둡게 만들고는, 부인이 어두워졌다고 말하면 '네가 이상한 거야'라고 지속적으로 말한다. 아내는 점차 자신의 현실인지능력을 의심하고 남편에게 의존한다.

태우 엄마와 나 사이에는 누가 먼저 켰을지 모를 '어두운 가스등'이 분명 존재했으리라 생각된다. 동네에서의 나의 위치를 파악한 태우 엄마가 먼저 켠 것인지, 아니면 내가 먼저 그녀에게 심리적으로 의존하고 순응하며 가스등을 켜도 된다고 동의한 것인지는 잘 모르겠지만 말이다.

관계 초반에 시원시원한 말투와 솔직한 성격의 그녀를 내가 먼저 좋아한 건 사실이다. 이 그룹, 저 그룹에서 잘 지내는 태우 엄마가 너무 멋지게 느껴졌고, 나에게는 없는 아줌마들과 잘 지내는 비밀스러운 노하우를 이미 체득하고 있는 것만 같았다.

나는 태우 엄마의 인맥이 부러우면서 동시에 두려웠다. 태우 엄마의 지인들은 그녀가 말하는 대로 나라는 사람을 파악하게 될지도 모를 일이었다. 그래서인지 나는 자주 태우 엄마 앞에서 '착해졌다'. 태우 엄마와 있으면 내가 하고 싶은 말을 스스로 검열하며 나의 어설픈 말 한마디가 우리 관계에 해가 되지는 않을까 늘 조심했다. 우리가 만나는 날, 시간, 대화 주제, 식사 메뉴 등 거의 모든 주도권을 그녀가 쥐고 있었다. 어느 날부턴가 나는 태우 엄마와 함께 있으면 상무님을 모시고 하는 회식 자리처럼 그 시간이 불편하기만 했다. 어떤 반박도 하지 못한 채 태우 엄마의 말을 듣는 역할만을 하고 있는 내 모습이 초라하게 느껴졌다. 그렇게 나 자신이 점점 더 바보가 되어가는 것만 같았다.

어쩌면 나는 태우 엄마와의 관계마저 나빠진다면 다시 외톨이가 될 것 같아서, 스스로 눈 가리고 아웅 하며 그녀의 진짜 모습을 보지 않으려 한 것인지도 모른다. 무엇이 되었든, 그녀는 '난 다 좋아', '난 괜찮아', '아무거나 상관없어'를 연발하는 나의 수용적인 태도에 분명 용기를 얻었으리라.

누군가를 좋아하게 되면 그만큼의 감정과 헌신을 내보이게 되는 것은 자연스러운 일이다. 그 자체가 나에게도 기쁨과 보람으로 돌아오곤 하니까. 하지만 그 또한 적정선이 있어야 한다. 헌신이 너무 지나쳐서 자기 자신을 잃어버리는 단계까지는 가지 않아야 한다. 도와주는 것과 이용당하는 것, 그 미묘한 한 끗 차이를 가늠할 수 있는 것은 오직 스스로 느끼는 감정 외엔 없다. 그것이 '즐거움'인지 '무리'인지는 나만 안다. 우리는 모두를 속여도 정작 자기 자신은 못 속인다. 그래서 자신의 감정을 확인할 수 있는 나만의 심리적 바로미터 같은 게 있으면 좋겠다. 바로미터에 뭔가 감지되었을 때 '잠시만요, 우리 관계 여기서 좀 바로잡고 갈게요'라고 하거나, 혹은 더 나아가 '이제 이쯤에서 그만둘게요'라고도 할 수 있도록 말이다.

나와 태우 엄마의 관계는 끝났다. 하지만 내가 그토록 걱정하고 두려워했던 그 어떤 일도 일어나지 않았다. 그녀가 자신의 지인들에게 나를 뒷담화하며 미워했을 수는 있을 것이다. 하지만 그깟 미움, 그거 좀 받으면 어때. 나를 존중하지 않고 시시하게 여기는 누군가에게 미움 좀 받았다고 해서 내 존재 자체가 시시해지는 건 아니니까 말이다.

은따는 은따를 알아보는가

여느 날처럼 놀이터에서 아이랑 놀고 있는데 지호 엄마가 다가와 말을 걸었다. 지호는 현민이보다 한 살 많은 같은 어린이집 원생으로, 현민이처럼 지각을 겨우 면하는 아슬아슬한 시간대에 등원하곤 했다. 그러다 보니 지호엄마와 나는 꽤나 자주 어린이집 현관에서 마주쳤기에 눈인사 정도는 하고 지내던 사이였다.

"저기, 현민이 엄마?"

"네?"

"아, 나는 5살 지호 엄마예요."

"네, 알아요. 자주 봤죠."

"바람이 금방 차가워지겠어요. 아이들이 놀이터에서 놀 날도 이제 얼마 안 남았네요."

"네, 그러네요."

그날 이후로도 우리는 놀이터에서 마주치게 되면 자주 대화를 나누곤 했다. 엄마들끼리는 아이 이름을 붙여 '누구 엄마'로만 부르다 보니 서로 간에 본명을 잘 모르는데, 좀 더 친해지고 난 이후부터 나는 나보다 두 살 위인 지호 엄마를 '미자 언니'라 불렀다.

나는 언제부터인가 미자 언니가 5살 아이 엄마 그룹과 거리를 두고 굳이 나와 대화하려 하는 느낌을 받았다. '저 언니 5살 엄마들 사이에서 무슨 일이 있었나' 하는 생각은 들었지만, 그걸 대놓고 물어보긴 좀 무안할 것 같아서 모른 척하고 있었다. 그러던 중 언니가 내게 식사 제안을 해 왔다.

"현민이 엄마, 우리 밥 한번 같이 먹을까요?"

"네? 그럴까요? 좋죠."

얼떨결이었지만 반가운 식사 제안을 흔쾌히 수락했다.

"그럼 내일 우리 집에 놀러 올래요? 내가 떡볶이 만들어 줄까?"

미자 언니의 초대를 받고 집으로 방문했더니 맛있는 떡볶이와 어묵이 한 상 가득 푸짐하게 차려져 있었다. 실컷 먹고 배를 두드리며 이제 차를 마시려는데, 미자 언니가 사뭇 진지한 표정으로 이야기를 꺼냈다.

"저기, 내가 이런 일도 겪네. 정말 이거 너무 유치해서⋯⋯. 아휴, 진짜."

미자 언니는 연신 한숨을 내쉬었다. 그러면서 내게 마음속 깊숙한 곳에 담아두었던 이야기를 꺼내려고 하는 것 같았다.

'앗, 이거 태우 엄마가 말한 룰에서 벗어나는 행동인데⋯⋯. 언니 이러면 안 돼요. 말하지 마요. 언니, 나를 뭘 믿고 이래요. 우리 아직 3개월도 안 사귀었잖아'라는 생각은 언니의 이야기를 들으며 어느새 지워졌고, 나는 '어이쿠, 그랬구나, 아 정말? 우와, 너무하네, 너무해, 어머나, 진짜? 그래서요?'라고 마구 맞장구치며 들었다. 사실, 너무 재미있었다. 남의 이야기는 정말이지 너무 재밌다. 늘 이게 문제다.

미자 언니가 털어놓은 사건의 전말은 이러하다. 때는 바야흐로 어린이집 여름방학 3주 전. 어린이집 5세 반 엄마들 사이에서는 늘 왕좌에 앉아있는 그녀가 있었다. 그녀는 엄마들 사이에서뿐만 아니라 어린이집에서도 한 끗발 날린다고 했다. 그녀는 어린이집 운영위원회 회장님을 겸직하고 계신다고.

그런 왕좌의 그녀가 어느 날 5세 반 엄마들 단체 카톡방에 문자를 날렸다.

여봐라~ 내 모월 모시에 어린이집 원장과 대담화를 열 것이다. 너희들이 지금까지 왈가왈부해왔던 5세 반 담임에게 느낀 불만사항을 짐이 친히 정리 취합하여 원장에게 직접 전달할 것이다. 그러니 너희들은 그 내용을 소상히 기록하여 오늘 저녁까지 짐에게 카톡으로 보내거라!

그간 5세 반 엄마들 사이에서는 담임 선생님에 대한 좋지 않은 이야기가 심심치 않게 오고 갔다고 한다. 예를 들면 선생님이 아이들과 야외 활동을 거의 하지 않는다, 아이가 뭘 배우기는 하는 것인지 집에 와서는 노래 한 곡을 부르지 않는다, 선생님이 아이들 돌보는 데에는 소홀하고 알림장만 열심히 쓰는 것 같다는 등의 불만이 주였다. 하지만 미자 언니의 아이는 담임 선생님을 매우 좋아했고, 집에 와서는 노래도 곧잘 불렀다고 한다. 또 가끔은 선생님이 들려준 동화책 이야기를 하기도 했다. 그래서인지 미자 언니는 선생님에게 불만이 거의 없었기에 다음과 같은 내용의 상소문을 단체 카톡방에 올렸다.

> 신 미자, 한 말씀 올리겠사옵니다. 신은 현재 담임 선생님이 괜찮은 사람이라고 생각하옵니다. 꼭 그렇게 원장 선생님과 대담화까지 하셔야 하는지요. 잠시 고정하시고 담임 선생님과 먼저 이야기를 해보는 것도 신은 하나의 방법이라 생각하옵니다. 전하, 다시 한번 통촉하여 주시옵소서.

이를 본 왕좌의 그녀는 '허, 어이가 없네. 그대 미자! 그대는 여기가 어느 안전이라고 감히 내 의견에 토를 다는 것이냐!'라는 답을 남겼다고.

그 후 왕좌의 그녀는 원장 선생님에게 어린이집 주요 인사(원장, 원감, 감사)들이 합석한 담화자리를 요청했다. 놀란 원장 선생님은 5세 반 담임 선생님을 조용히 불러 그간의 일을 물었고, 선생님은 대답 대신 그달까지만 일하고 그만두겠다는 말을 했다고 한다. 왕좌의 그녀가 열과 성을 다해 준비했던 대담화는 열리지도 못하고 이렇게 허무하고 싱겁게 끝이 나버렸다.

5세 반 엄마들 사이에서는 갑자기 담임 선생님이 그만 두게 되면 우리 아이들만 혼란스러워지는 거 아니냐는 등의 의견이 오가다가 이내 잠잠해졌다고 한다. 그리고 왕좌의 그녀는 이번 사건에서 자기 잘못은 하나도 없다 고 발을 뺐단다. 원장 선생님도 5세 반 담임 선생님은 이 번 일이 아니었더라도 그만두었을 거라고 스리슬쩍 덮으 며 이 사건은 마무리되었다……가 아니고, 그때부터 미자 언니에 대한 엄마들의 따돌림이 시작되었다고. 그렇게 미 자 언니는 5세 반 엄마들 그룹에서 슬금슬금 멀어지게 되 었고, 이제는 그 엄마들과는 거의 어울리지 않는 상황이 되었다고 한다.

이야기를 마친 미자 언니나 이야기를 들은 나나, 둘 다 진이 빠졌다. 유치해서 더 무서운 이야기였다. 이런 식의 사건은 해결이 거의 불가능하다. 해당 그룹 사람들 사이 에서 분위기가 이렇게 형성된 이상, 한 개인은 그저 버티 는 수밖에 없다. 특정 엄마가 미자 언니 의견에 동의하고 미자 언니와 어울리는 순간, 그 엄마 또한 해당 그룹에서 '팽'당하는 것은 시간문제다.

미자 언니는 본인의 의도와는 전혀 다르게 사건이 진행되자 외로웠던 것 같다. 그래서 놀이터에서 혼자 아이를 돌보는 나를 알아본 게 아닌가 싶다. 거 참. 이런 일을 나만 겪은 게 아니라서 다행이라고 해야 하나 말아야 하나.

'나였다면 미자 언니처럼 모두가 YES라고 할 때 혼자서 NO라고 할 수 있었을까?'

미자 언니는 겉으로 봤을 땐 엄청 순하지만 내면은 강단 있고 소신 있는 사람 같았다. 언니의 말로는 5세 반 엄마들끼리 한 학기 동안 꽤나 잘 지내오던 사이였다고 했는데, 과연 소신 발언 한마디 때문에 관계가 이렇게도 될 수 있는 것인지 나로서는 알 수 없는 일이었다. 사실 사건의 세세한 전말을 제3자인 내가 한쪽 편의 이야기만 듣고 누가 잘하고 누가 잘못했는지 객관적으로 정리하는 것은 불가능한 일일 것이다. 게다가 내게는 그럴 자격 또한 없다.

그런데 의문이 든다. 5세 반 담임 선생님은 정말로 그렇게도 별로인 교사였을까? 사건이 산으로 가다 보니 정작 이번 일의 가장 근본적인 질문은 어느새 사라져 버렸다. 아마도 5세, 그 반 아이들만 정확하게 이 질문에 대답할 수 있겠지. 하지만 이제 이건 중요한 포인트가 아닌 일이 되어 버렸다. 이 사건은 그룹의 의견에 동조하지 않고 소신 발언을 한 미자 언니가 해당 그룹에서 시나브로 따돌림을 당하게 되었다는 이야기만 남겼고, 소문은 동네 엄마들의 입에서 입을 타고 슬금슬금 퍼져 나갔다. 미자 언니는 슬퍼했고, 동시에 분노했다.

'어울림의 공포'라는 공통된 경험을 한 미자 언니와 나는 친해졌다. 물론 나도 내가 겪은 은따 사건을 "언니, 내 이야기 좀 들어 봐. 내가 겪은 사건도 진짜 재밌다니까"라며 무슨 모험 체험기처럼 신나게 털어놓았다. 그렇게 우리는 가끔씩 커피를 마시며 서로 사는 이야기도 하고 군고구마를 먹으며 집에서 영화를 보기도 했다. 언니는 만날 때마다 내게 자주 동네 뒷산으로 산책을 가자고 했고 덕분에 나도 튼튼해지는 것 같았다.

나는 뒷산 벤치에서 언니에게 물었다.

"언니, 여기서 이렇게 애들 키우며 사는 거…… 어때요?"

"글쎄, 난 뭐 그냥저냥. 왜, 자긴 별로야?"

"난 일해야 하나 말아야 하나, 그런 생각도 들고요. 심심한 건 아닌데 허전하다고 해야 하나. 그렇기도 하고……. 이렇게 별일 없이 사는 게 인생인가 싶기도 하고. 어떤 날은 막 뭐라도 하고 싶다가, 또 어떤 날은 막 다 귀찮아요."

"그렇구나. 난 일하는 거 정말 별로였어."

언니는 지금 아이 둘 키우며 사는 이 시간이 너무나도 소중하고 좋다고 했다.

그런 미자 언니는 꽃을 참 좋아했다. 내가 보기엔 그렇게 예쁜지도 않은 길가에 핀 이름 모를 꽃들만 보면 언니는 '잠깐만' 하면서 핸드폰으로 꽃들을 찍었다. 그리곤 카톡 프로필 사진을 금방 찍은 꽃 사진으로 바꾸곤 했다. 나도 언니를 따라 주변 풍경 사진이나 하나 찍어볼까 싶다가도, 나에게 그건 너무 귀찮은 일이었다. 나는 그냥 사진 찍는 미자 언니의 모습을 한 발짝 떨어져 바라보곤 했다. 언니는 꽃 사진을 다 찍고 나서는 코끝을 찡긋하며 멋쩍게 웃곤 했다. 난 속으로 생각했다.

'정들겠구나.'

미자 언니는 우리가 사귀었던 그다음 해 가을, 분양받아 놓았던 아파트로 이사를 갔다. 언니가 이사 가는 날 나는 비닐봉지에 캔 커피와 크림빵을 넣어서 건네주었다.

"잘 가요. 이사 가도 자주…… 봐요."

우린 그 후로 두어 번 정도 만났다. 거리가 그렇게 먼 것도 아닌데 각자 사는 데 바빠서일까. 미자 언니와 나는 스르륵 멀어졌다. 나는 가끔씩 미자 언니의 카톡 프로필 사진을 보곤 한다. 꽃 사진이 또 바뀌었네. 이번엔 노란 들국화구나.

이곳 신도시에서 몇 년 동안 아줌마로 살면서 미자 언니처럼 내게 먼저 '밥 먹자'고 제안해준 아줌마들을 몇몇 만날 수 있었다. 서로 오다가다 만나며 담소를 나누긴 했지만, 단둘이서 상대에게 집중하며 대화를 나누는 것은 어쩐지 좀 쑥스럽다. 그래서 대화 초반에는 아이 키우는 이야기, 남편 이야기, 그리고 그때 그 시절 시시콜콜한 연애이야기까지 들먹이며 주로 가벼운 소재의 이야기를 하곤 했다.

사실 이것은 간 보기 단계인 셈이다. 우리는 대화를 나누면서 상대를 계속해서 스캔해 나간다. 상대는 얼마나 자신의 이야기를 들어주고 공감해 주는가, 어떤 생활 습관과 가치관을 지녔는가, 궁극적으로는 이 사람에게 나의 비밀스러운 이야기를 털어놓아도 안전할 것인가를 계속해서 파악해 나간다. 그렇게 대략 스캔이 끝나고 나면, 그녀들은 자신들이 하고 싶었던 '진짜 이야기'를 내게 털어놓곤 했다. 대부분은 마음속 깊숙한 곳에 담아 두었던 동네 아줌마들과의 사이에서 벌어진 다크한 경험 이야기였다.

아줌마들은 떨리는 목소리로 이야기를 이어 가며 울곤 했다. 그러면 나도 '실은 저도……'라고 하며 내가 겪은 이야기를 털어놓았다. 나로선 어떤 면에서 참 신기한 경험이었다. 데자뷔처럼 모든 이야기가 너무나도 비슷했다. 주인공만 바뀌었을 뿐, 이야기의 기승전결은 너무도 뻔하게 반복되곤 했다. 이런 사건에 어떤 특이 패턴이라도 있는 걸까.

아니, 근데 왜 다들 나한테 이런 이야기를 털어놓는 거지? 처음엔 '내가 은따인 게 그렇게도 티가 많이 나나'라는 생각을 하곤 했다. 아무래도 동네 산책도, 마트도, 놀이터도 무리 속에 있지 않고 혼자 돌아다니는 나를 그녀들 또한 눈여겨 봐왔던 게 아닌가 싶다.

사람들은 흔히 은따는 무조건 외롭게 지낼 거라 예상하겠지만, 실제론 그렇지 않다. 참 신기하게도 동류는 동류를 알아본다. 본능적 생존 전략인가보다. 그렇게 우리 은따들은 어떤 연대감 같은 것을 느끼면서 서로를 알아보고 만나고 이야기 나누면서 친해진다. 그리고 우리 사이에는 서로가 경험한 은따 이야기에 대해서는 두 번 다시 묻지 않는 암묵적 합의 같은 게 생긴다. 서로가 어떤 마음일지 너무 잘 알기에 굳이 그것에 대해서 묻지 않는 예의, 일종의 동료애랄까. 우리는 그렇게 다 알지만 모르는 척하며 나의 마음도 상대의 마음도 그냥 흘러가게 내버려 둔다.

몇 년의 세월이 흐른 뒤, 나는 미자 언니 이야기의 후속편을 또 다른 아줌마를 통해 들을 수 있었다. 나로서도 매우 놀라운 일이었고 세상에 '비밀은 없다'는 것을 다시 한번 느꼈다. 그룹에서 미자 언니가 튕겨져 나간 후, 그 자리에 다른 두어 명의 엄마가 편입하게 되었단다. 그러자 기존 멤버들은 새로 들어온 멤버들에게 이렇게 말했다고 한다.

"이제 너희들도 우리랑 놀려면 옷 좀 사 입어. 후줄근하게 그게 뭐냐."

그리고 그녀들은 저 멀리서 미자 언니를 보며, 단체로 낄낄대며 웃곤 했단다.

"저, 옷 입은 거 좀 봐 봐. 도대체 미자는 왜 옷을 저따위로 입고 다니는 거야? 아, 진짜 촌스러워서. 보는 내가 다 부끄럽다."

"미자랑 같이 다니는 현민이 엄마, 쟤는 또 뭐야? 어휴, 둘이 후줄근한 게 너무 잘 어울린다."

"그러게. 너무 웃긴다."

이 또한 집단의 힘이리라. 그 무리를 하나하나 떼어 '개인 대 개인'으로 나와 만났다면, 이 정도까지는 말하지 못할 것이다. 누군가를 후줄근하다고 생각할 순 있다. 그리고 그것은 개인의 자유다. 하지만 그것을 머릿속에 생각으로만 가지고 있는 것과 입 밖으로 내어 말하는 것, 그리고 그 말을 받아주고 동조하는 사람들이 여럿 모여 있다는 것은 매우 다른 차원의 일이다.

벡터, 힘은 방향과 세기를 가진다. 여럿이 모여서 뭉쳐지고 강해진 힘이 방향을 잘못 잡으면 이렇게 되는 것 같다. 사실 모든 여자 그룹, 모든 아줌마 그룹이 이 정도까지는 아니다. 하지만 간혹 보고 듣게 되는 이런 그룹은 힘이 세고, 그 힘에는 어떤 자기장이 생기는지 사람들이 그 그룹에 자석처럼 붙어 있곤 한다.

수많은 비슷한 사례를 들으며, 어느 인디언 부족의 성인식이 생각났다. 성인식을 치르게 된 인디언은 자신의 한쪽 허벅지 살을 꼬집고 꿰뚫어 구멍을 낸 후 그 구멍에 나뭇가지를 끼우고 그대로 생활한다. 그리고 때가 되면 족장이 허벅지에 끼워져 있는 나뭇가지를 빼주는 것으로 성인식이 종료되는데, 그간 나뭇가지 때문에 아물고 곪고 피나기를 반복했던 허벅지 상처는 고스란히 흉터로 남는다.

이들의 성인식 목적은 신체에 가해지는 물리적 고통을 견뎌내는 어른을 만들고자 함이 아니다. 내가 누군가보다 세다는 것을 알고 내가 가진 힘을 상대적 약자에게 가하고 싶을 때, 이들은 자신의 허벅지 흉터를 손끝으로 만진다고 한다. 그리고 상대의 허벅지 흉터를 바라본단다. 그러면서 자신이 기억하는 아픔과 함께, 상대가 겪었을 아픔 또한 상기한다. 이런 방식으로 인디언들은 자신이 가진 상대적 우위의 힘을 조절하도록 스스로를 각성시키며 강제한다. 이것이 이들이 성인식을 치르는 목적이다. 힘을 조절하면서 사는 삶, 자신이 가진 상대적 우위의 힘을 약자에게 가하지 않는 것. 이것이 얼마나 힘든 일인지를 그 옛날 인디언들은 익히 알고 있었나 보다.

모든 사람이 가진 힘이 평등한 세상일 수는 없다. 하지만 적어도 자신이 어떤 힘을 가지고 있으며, 그 힘으로 무슨 짓을 하고 있는지 정도는 알고 행동하길 바란다. 그러면 다음번에는 그 힘의 강도가 조금은 줄어들 수도 있으니까 말이다.

타인의 태도에 상처받지 않도록
또 나의 행동이 남에게 해가 되지 않도록
자신이 기억하는 아픔과 함께
상대가 겪었을 아픔 또한 떠올려 본다.

2

우정이 뭐기에

여자의 우정은 화장실에서 시작된다

"화장실 같이 갈래?"

학창 시절 여자들 사이에서 친구에게 다가가는 방법 중 하나, 그게 바로 '화장실 같이 가기'다. "그래" 하면서 선뜻 함께 나선다면 그때부터 친한 친구가 되었고, "아, 저기, 잠깐만" 하고 뭉그적거리며 가지 않으려는 듯한 액션을 취하면 거리를 두게 되기도 했다.

나는 매년 학년이 바뀔 때마다 새로 친구를 사귀었고 그 친구들과 함께 화장실을 가곤 했다. 그리고 그녀들 또한 화장실에 가고 싶을 때마다 나를 불렀고, 그러면 다른 친구와 놀고 있다가도 그녀를 따라 화장실엘 가곤 했다.

아니, 가야만 했다. 새끼손가락 마주 걸고 꼭꼭 약속한 것은 아니었지만 우리 둘은 '화장실 동행'의 약속을 지켰다. 이런 행동은 전략적 제휴랄까, 교환 노동이랄까 그것도 아니면 그때 그 시절 우리들만의 의리라면 의리랄까……. 딱 꼬집어서 이거라고 설명하기 어려운 여자들만 아는 '너 이거 뭔지 알지' 이런 느낌의 행동인데, 이게 또 좀 재밌는 게 화장실 동행친구와 내가 평소에 절친일 수도, 또 아닐 수도 있다는 점이다. 안 친한데 그냥 화장실만 같이 가는 친구, 이런 게 여자들은 서로의 필요에 의해 가능하며 또 이런 식의 관계 맺음을 묻지도 따지지도 않고 '이해'한다는 것이다. 여자들은 이렇게 학창 시절 12년 동안 화장실을 친구와 함께 다니고 대학 가서도 심지어는 취직해서도 같이 다닐지도 모른다.

그렇게 12년의 학창 시절을 보낸 후, 나는 MBTI 적성이 아닌 수능 성적에 맞춰서 공대를 가게 되었다. 전자공학과에 여자가 없을 것이라 예상은 했지만 막상 가서 보니 정말 놀라울 정도로 여자가 없었다. 정원 80명 중에 5명인가가 여자였는데, 그것도 나중에 1명은 전과를 했고 1명은 자퇴를 했다. 공대에는 유명한 농담이 하나 있는데 인간은 3개의 성으로 구분된다는 것. 바로 남자, 여자, 그리고 공대 여자로. 나는 그렇게 여자도 남자도 아닌 공대 여자로서의 세월을 보냈다. 4년 내내 절대 줄을 안 서도 되는 공대 여자 화장실의 최대 장점을 만끽하며 늠름하게도 혼자 화장실을 다녀야만 했던 것이다. 친구와 화장실 같이 가는 것을 그만둔 지 어언 20년이 흐른 햇살이 따스했던 봄의 어느 날, 동네 아줌마들과 놀이터에 대한 이야기를 나누게 되었다. 먼저 이야기를 꺼낸 것은 유리 엄마였다.

"나는 놀이터에 애랑 단둘이서는 못 가겠어."

민지 엄마도 유리 엄마의 말에 동조했다.

"나도 그래. 그래서 애가 자꾸 놀이터 가자고 하면 싫더라고."

"그렇지? 아줌마들이 삼삼오오 모여 있는데, 나만 혼자 애랑 있으면 좀 그래."

"맞아. 애가 놀이터 나가자고 할 때마다 같이 나갈 엄마 찾아서 카톡 돌리기도 그렇고. 상대가 카톡 확인 안 하면 또 전화해야 하고. 그래서 애한테는 미안한데 잘 안 나가게 되더라고……."

나는 생각이 달랐다.

"그래? 난 그냥 나가는데. 나가서 아는 사람 만나면 반갑고 아니면 말고. 애랑 둘이서 집에서 씨름하고 있으면 그게 더 힘들지. 놀이터 가서 뛰어놀아야 밥도 잘 먹고 잠도 잘 자더라고. 그리고 나도 나간 김에 시원하게 바람도 좀 쐬고."

유리 엄마와 민지 엄마는 "우와 언니, 대단해. 언니는 그게 돼요?"라며 놀랐다.

"어? 이게 뭐라고. 놀이터에 혼자 애 데리고 나오는 아줌마들 엄청 많아. 같이 나오는 사람들이 반이고, 그냥 애랑 둘이서만 나오는 사람들이 반이고……. 그렇지 않나?"

민지 엄마는 아무리 그래도 자기는 그게 잘 안 된단다.

'아, 그래서 놀이터에 애랑 둘이서 나오는 사람들은 계속 그렇게 나오고, 모여서 나오는 사람들은 계속 모여서 나오는 건가? 엄마들 모임이 결성이 안 되는 날에는 아예 안 나와서?'

사실 모르는 사람이 보기엔 놀이터가 뭐라고 아이랑 둘이서만 못 가는 거냐고 할지 모르겠다. 놀이터는 장소의 특성상 동네 육아맘들이 많이 모이는 곳으로, 둘 혹은 셋이 짝을 맞춰 있거나 아니면 일고여덟 명이 우르르 모여 앉아 아이들에게 간식을 나눠주기도 하고, 날씨가 좋은 날이면 저녁까지 먹이기도 하는 곳이다. 이런 곳에서 애는 놀이에 빠져 있고 주변을 둘러보니 아줌마들은 삼삼오오 모여 있으면 안 그래도 외로운데 '여기서도 나는 혼자구나' 하는 소외감이 들게 마련이다. 그냥 집에 있었으면 느끼지 않아도 될 감정인데 괜히 놀이터에 나와서 느끼게 된다면 일부러라도 놀이터에 안 나가게 되는 그 마음이 어느 정도는 이해가 된다.

여자끼리 같이 가고 싶어하는 곳이 20여 년이 흘러 '화장실'에서 '놀이터'로 장소만 바뀐 것일까. 우리 여자들은 왜 언제부터 무엇인가를 '같이 하자', 때로는 '같이 해야만 정상'이라고까지 여기는 강박적 신경증을 앓게 된 것일까.

나는 '여자에게 우정이란 무엇인가?'라는 질문을 끌어안고 동네 도서관 서가를 뒤지다가 이 질문에 흥미로운 해답을 제시하는 책 한 권을 발견했다.《초등상담백과》라는 책인데, 이 책에는 초등학생들이 겪고 있는 다양한 심리사회적 갈등 상황이 소개되어 있다. 내가 흥미롭게 본

챕터는 초등학교 고학년 여학생들끼리의 우정을 둘러싼 갈등 상황 이야기였다. 책에 등장하는 십 대 초반의 어린 여학생들이 겪고 있는 갈등 상황이란 게, 다 자란 내가 이곳 신도시에서 경험하고 있는 '나는 누구와 어떻게 사귈 것인가'라는 질문과 크게 다르지 않았다.

이 책은 여자의 우정에 대한 이해를 돕기 위해 미국 뉴멕시코 대학교의 진화심리학자 제이콥 비질 박사의 설명을 제시한다. 박사는 여자의 우정은 남자의 우정과는 성격과 심리가 매우 다르다고 주장한다. 여자에게 '친밀하다'는 뜻은 서로 개인적인 정보를 더 많이 공유하고 동일한 가치를 추구하며, 남성에 비해서 서로에게 더 많은 시간을 투자하는 경향이 있다는 것이다.

제이콥 박사에 따르면 여자는 역사적으로 결혼을 하게 되면서 자신을 보호해줄 친족으로부터 멀어지는 일이 잦았고, 그런 여자들에게는 남편이 자리를 비운 사이 자신과 자녀를 지켜주는 사회적 안전망이 필요했다. 이런 상황에서 여자들은 우정에 기대며 스스로 사회적 안전망을 구축해왔다. 그래서 여자들이 보다 친밀한 우정을 추구하는 쪽으로 진화했다는 것이 그의 주장이다. 제이콥 박사의 가설에 따른다면, 여자에게 우정이란 단순한 친밀감 쌓기가 아니라 생존 전략의 한 형태로 볼 수 있다. 나는 제이콥 박사의 설명이 남편 하나 믿고 이주한 타지에서 생면부지의 낯선 사람들끼리 살아가고 있는 신도시 엄마들의 상황과 딱 들어맞는다는 생각이 들었다.

놀이터에 혼자서는 못 가겠다는 민지 엄마. 그녀는 20대 후반에 결혼을 하고 딸 둘을 낳았다. 민지 아빠는 해외 출장이 매우 잦은 직업인 데다, 한 번 나가면 반년 만에 돌아오는 경우도 잦다고 했다. 민지 엄마는 13여 년의 결혼 생활 동안 남편과 같이 산 건 따져봐야 겨우 4년 남짓이라고 했다. 민지네는 첫째 아이 초등학교 1학년 입학 시기에 맞추어 이곳 신도시로 이사를 했다. 민지 엄마는 이사 후 첫째 아이 등하교 시간에 자주 마주치게 된 아이 친구 엄마 6명을 사귀었고, 그녀들과 5년이 지난 지금도 매우 잘 지내고 있다고 했다. 또 민지 엄마는 첫째 아이가 다니는 학원 엄마들과도 잘 지내고 있고, 내가 포함된 둘째 아이 유치원 친구 엄마들과도 원만하게 잘 지내고 있다.

해외로 몇 달을 출장 나가 있는 남편이라……. 육아를

하다 보면 '누가 나를 좀 도와줬으면' 할 때가 많다. 반복되는 체력적 · 정서적 부침 앞에서 나는 내가 잘 버텨주기를 얼마나 간절히 바랐던가. 저녁 시간에 남편이 없다니, 상상만으로도 마음이 헛헛해진다. 남편이 그저 침대에 가만히 누워 있기만 하더라도 나는 남편이 이 집에 나와 함께 존재하기를 바란다.

민지 엄마는 육아를 하면서 겪게 되는 모든 어려움을 혼자서 감당해야만 했다. 그런 그녀에게 가장 필요했던 것은 언제 어디서나 본인을 기꺼이 도와줄 수 있는 지척에 사는 친구였다. 아마도 사귀어둔 동네 아줌마 친구들이 그때그때 민지 엄마의 남편 역할을 해주었을 것이다. 이렇게 든든한 우정의 구축이야말로 '민지 엄마가 사는 법'일 것이다.

"언니, 내가 처음부터 이랬던 건 아니야. 우리 남편도 나 보면서 놀래. 어떻게 그렇게 매일 약속이 있고 애를 어디다가 잘도 맡기냐고. 나도 뭐, 살다 보니 이렇게 된 거지. 언니도 몇 개월을 해외로 출장 나가 있는 남자랑 살아봐. 나처럼 된다니까."

그녀는 본인 스스로도 '나에게 이렇게 사람 사귀는 재

능이 있었던가' 하며 놀라곤 한다고 했다. 그러면서 민지 엄마는 말을 이었다.

"나는 이 아줌마랑도 저 아줌마랑도 잘 지내려고 노력하지. 내가 어디 가려고 할 때, 뭘 좀 부탁하려고 할 때 이 사람이 안 된다고 하면 저 사람한테 해야 하니까. 그래서 말인데 오늘 점심 먹고 나랑 같이 아웃렛 갈 사람?"

아, 그렇지. 인맥 관리. 그건 정말 중요한 일이지. 자발적 '을'이 되어 기꺼이 상대방의 마음을 맞춰주는 듯하지만 결국엔 내가 원하는 것을 얻어내고자 하는 서비스 마인드, 그 또한 중요하지. 그런데 민지 엄마, 그래서 말인데 나 궁금한 게 있는데…… 자기랑 나랑은 무슨 사이인 거야? 시간 맞으면 아웃렛 같이 가는 사이?

사실 아주 솔직히 말하자면, 나는 민지 엄마에게 '아웃렛에 같이 갈 사람'이고 싶지는 않았다. 혼자서 하기 어색한 것을 같이 하는 용도로 나를 사용하도록 허락해주고 싶지는 않았다. 그리고 내가 민지 엄마의 '이 사람이 안 된다고 하면 저 사람'인, 그 우선순위 어딘가에 줄 서 있는 것도 못내 섭섭했다. 나는 그녀의 친분 서열에서 몇 순위나 되는 걸까. 민지 엄마의 수많은 아줌마 인력풀에서

'내 존재의 가벼움'을 느끼며, 내가 그녀를 좋은 사람이라고 생각하는 것과는 별개로 '우리가 과연 친해질 수 있을까' 하는 의심이 들었다.

우정을 만들어가는 방식과 가치관이 다르다면 나는 서로 간에 그 다름을 인정하는 게 좋다고 생각한다. 내가 민지 엄마의 넓은 인간관계 중에 일부로 들어가는 것에 어떤 거부감을 느낀 것처럼, 민지 엄마를 나의 좁고 긴밀한 친구 관계로 초대하는 것도 어쩌면 불가능한 일처럼 느껴졌다.

나는 친구와 마트, 아웃렛, 동네 맛집 가기 등의 '어디를 같이 가는 것'을 그다지 즐기지 않는다. 대신 친구와 이야기를 하고 싶었다. 개똥철학일지 모를 나의 생각들을 말하고 또 그녀의 인생 이야기를 듣고 싶었다. 그것이 훨씬 즐거웠다. 영화를 보고 싶어서 친구를 부르는 게 아니라, 친구가 보고 싶어서 영화를 핑계 대고 싶었다. '오늘 이 친구가 안 된다고 하면 다른 친구 부르지 뭐' 하는 식의 나의 친애하는 그녀들의 '대체재'를 마련해 두고 싶지도 않았다.

어린 시절 내 우정의 증거가 화장실을 같이 가는 것이

었다면, 지금은 친구들을 나의 안전과 생존을 위한 어떤 용도와 목적으로 사용하지 않는 것, 그들이 존재 자체로 나에게 의미가 있도록 지켜주는 것을 우정의 증거라 생각하게 되었다. 아마도 나의 친구들 또한 나를 그렇게 대해주었기에 나는 그녀들을 만나면 안심하고 '바보'가 될 수 있었던 것 같다.

나는 여자의 우정이 안정감과 생존 전략에 기반을 두고 있다는 제이콥 박사의 가설을 일정 부분 인정한다. 하지만 그렇다 하더라도 우리 여자 또한 저마다 각기 다른 삶의 경험들을 하게 되면서 자신만의 우정에 대한 가치관을 마련해 나가곤 한다. 어쩌면 내가 '나에게 우정이란 이러이러하다'라고 말할 수 있는 것은 민지 엄마의 말처럼 내가 '그렇게 살아도 되는 세월'을 살아왔기에 가능한 일일 것이다.

넓은 인맥 관리 기반의 일상다반사를 함께하는 것을 바라는 우정이든, 많은 시간을 함께 하지는 못해도 좁고 깊이 있는 친밀한 관계를 추구하는 우정이든, 여자의 우정이란 '친구가 있다는 안정감'에 그 기반을 두고 있는 듯하다. 그래서 여자들이 '우리 서로 안전하게 뭐든지 같이 하자'라는 것에 제일 시달리고 힘들어한다는 것만큼은 부정할 수 없는 사실이다. 이 감정의 기반에 머물러 있는 사람은 머물러 있는 대로 상대방 혹은 해당 그룹이 원하는 방식에 맞추기 위해서 자신의 어떤 것을 내어 주어야 한다. 그것이 시간, 체력, 돈 그 무엇이든 간에 말이다. 또 이 감정의 기반에서 벗어난 사람은 벗어난 대로 혼자라는 자유를 만끽할 수 있을지는 몰라도 그에 따르는 외로움과 고독함을 스스로 알아서 감당해 내야만 한다. 어떤 성향이든 인생사 고단한 건 비슷하지 않을까.

나는 학창 시절 맺어왔던 우정과 신도시에서 겪어온 여러 일들을 돌이켜보며 '왜 이렇게 여자들은 무리를 지으려고 하는가'에 대한 해답을 찾고자 했다. 사실 이 궁금증은 내가 속해 있던 그룹에서 그룹장 정도의 권력을 가지며 내가 원하는 대로 그룹원을 이끌고 싶었던 알량한 내 권력욕의 다른 이름이다. 다른 한편으로는 그룹 사람들이 가지고 있던 나와는 상반된 가치관이 압박감으로 다가와, 그들로부터 도망치고 싶었던 내 마음이 십분 반영된 질문이기도 하다. 여전히 나는 이 두 마음 사이에서 갈팡질팡하고 있다. 때로는 이 그룹 저 그룹에 속해 아줌마들과 친분을 쌓으며 온 동네를 활보하고 싶다가도, 또 때로는 그저 아무도 모르게 혼자 조용히 지내고 싶기도 하니까 말이다.

이런 나를 상상하면서 나는 우정이 좀 느슨했으면 좋겠다고 생각했다. 누구를 끼워주고 말고를 모든 멤버에게 양해받고 허락을 구해야만 하는 그런 배타적 결속력보다, 좋으면 머물러 있고 떠난다고 해도 그 결정을 받아들여 줄 수 있는 한쪽 틈새가 살짝 열려 있는 우정은 어떨까. '우리끼리'라는 그 결속이 너무 단단하여 해당 관계에 포함되지 못한 사람들이 불안함을 느끼거나, 더 나아가 최소한 내가 안전하기 위해서 다른 누군가를 뒷담화하고 배제하지는 않기를 바란다. 어른들의 우정은 열린 틈새 사이로 선선하게 사람들이 드나들었으면 좋겠다. 사실은 나부터 실천해 볼 일이지만 말이다.

여자들은 '원래' 그런가?

나는 맞선을 꽤나 보았던 여자다. 당시 우리 엄마의 가장 큰 염원은 생물학적 혼기를 훌쩍 넘긴, 타지에서 혼자 사는 딸의 결혼이었다. 그래서 당신이 가진 인맥과 에너지를 총동원하여 선 자리를 마련해 주시곤 했는데, 나는 맞선 상대를 만날 때마다 이런저런 신상정보를 제공해야 했다.

"직업이 뭐예요?"

"IT 쪽에서 일해요. 개발자예요."

"아, 여자…… 개발자예요?"

"네. 어쩌다 보니."

10여 년쯤 전인 그 당시만 해도 내 직업을 들은 대부분 남성들의 반응은 일단 살짝 놀라면서 '여자가 IT개발자? 강인하며 자기주장이 강한 기가 센 성격? 수리영역을 잘하나? 학교 때 인기 많았나?'의 범위에서 크게 벗어나질 않았다. 그런데 거기다 대고 "제가 사실은 수능 가나다라 군 전부 다 떨어졌었거든요. 근데 후보 N번으로 딱 한 군데에서 연락이 온 거예요. 거기가 공대였거든요. 사실 저는 가기 싫었지만 저희 아빠가 남동생도 공부시켜야 한다고 재수는 절대 안 된다고 하셔서 그냥 갔는데요. 공부가 매우 심하게 어렵더라고요. 다이오드? 트랜지스터? 이게 당최 뭔 소린지……. 1학년 때 교수님이 리포트를 서버로 전송하라고 했는데, 제가 명령어를 몰라서 그걸 확인도 못 하고 F를 여러 개 맞은 거예요. 아하하하, 하하하하……. 그렇게 2학년이 되었죠. 근데 사귀던 남친이 군대를 간 거예요. 뭐 딱히 할 게 없더라고요. 그때부터 공부를 좀 했는데 이게 또 하다 보니 재미가 있는 거예요. 막 뭐가 만들어져요. 그래서 어쩌다 보니 자취는 해야겠고, 코딩 명령어로 이거저거 만들 줄 알면 채용시켜 준다고 해서 '옳다구나' 하고 이 일을 시작하게 되었죠. 돈 벌려고 하는 일이죠 뭐. 공대 체질? 에이 그런 게 어디 있어요. 인기, 당연히 없었죠. 그리고 제 성격은 온순한 편이고 심지어 간헐적으로 매우 착하기까지도 한 것 같아요"라고 할 순 없었다.

단언컨대 나는 수리영역에 특화된 재능이 있어서 이공계 쪽으로 간 게 절대 아니었고 지금도 아니다. 살다 보니, 더 정확하게는 돈 벌려다 보니 배운 도둑질이 코딩인지라 개발자라는 직업을 하게 된 것일 뿐이다. 월세, 핸드폰 요금, 전기세, 수도세, 관리비 등등 매달 또박또박 납기일은 돌아왔고 나는 생활비를 벌어야 했다. 어리바리하는 사이 나도 모르게 삶이 이 방향으로 흐르게 된 것일 뿐이다. 내가 무슨 큰 의지를 발현하거나 불굴의 노력으로 이룬 것이 아니기에, 사실 설명할 것도 별로 없는 간략한 인생사 흐름이다.

이렇게 살아왔던 나는 이곳 신도시에서 아이를 키우며 여자 사람을 꽤나 많이 만났다. 대부분은 현민이 친구 엄마들이었던 그녀들과 즐겁기도 했지만 또 그만큼 자주 마음 상하는 일을 겪기도 했다. 아줌마들과 석연치 않은 대화 이후 집으로 돌아와 홀로 멍하니 있다 보면 '도대체

저 여자는 왜 저러는 걸까' 하는 궁금증이 들었고, 누군가에게 그녀들의 심리에 대해 물어보고 싶었다. 그래서 오랜 기간 이 바닥에서 버텨 오신 친정 엄마를 포함한 다수의 아줌마 선배들에게 내가 겪은 일을 이러쿵저러쿵 미주알고주알 이야기하곤 했다. 그럴 때마다 아줌마 선배들은 나에게 "여자들 원래 뒤에서 서로 좀 그러잖아", "여자들이 원래 좀 계산적이야. 뭘 너도 다 알면서 그래", "뭘 그리 따지고 그래. 그냥 받아들이세요"로 이야기가 마무리되곤 했다.

나도 여자지만 여자, 정말 어렵다. 내가 너무 장기간 남초 집단에서 일을 해서 그런가. 아니면 그간 사용할 기회가 없어서 깨닫질 못했을 뿐, 내 사회성은 예전부터 쭉 별로 안 좋은 상태를 유지하고 있었던 걸까. 아니면 내가 자존감이 떨어진 상태에서 사람들을 사귀어서 그런 걸까. 그것도 아니면 정말로 여자들은 원래, 원래 그런 것일까.

그런데 '원래'라는 단어처럼 전후 사정 뚝 끊어버리고 아무런 맥락 없이 상대에 대한 인문학적·사회학적 이해 욕구를 좌절시켜버리는 단어가 세상 또 있을까? 내가 '원래' 이공계 성향이 아님에도 생계형 코딩 기술을 배운 것처럼, 우리 여자들도 '원래' 그런 게 아니고 삶을 유지하기 위해서 어쩌다 보니 그러한 성향이 된 것은 아닐까.

정신과 의사이자 대인관계 전문가 미즈시마 히로코는 《여자의 인간관계》에서 질투하고 편 가르고 서로 뒷담화하는 여자의 이른바 '뒤틀린 특성'이 전통적으로 남성에게 선택받아야만 생존을 유지할 수 있었던 객체적 삶의 부산물이라고 설명한다. 그러니까 여자들은 '원래' 그런 게 아니라는 말이다. 저자는 여성이 사회에서 어떻게 양육되느냐, 여성 개인이 사회가 요구하는 어떤 여성다움에 부응하느냐에 따라 여성들의 이런 뒤틀린 특성 또한 개별적으로 다르게 발현되는 것이라고 설명한다. 그렇기에 '여자는 원래 그래'라고, 단순히 생물학적 성을 그 원인으로 볼 수는 없다고 말한다.

나는 대학 졸업이 다가오자 대학원으로 가야 할지 취업을 해야 할지 고민이 많았다. 둘 중에 고르자면 사실 대학원에 더 가고 싶었다. 뒤늦게 공부 자체에 흥미를 느끼기도 했고, 좀 더 좋은 대학의 대학원으로 가서 학벌 세탁을 하고 싶기도 했다. 그런데 이 고민을 아버지께서 한마디로 해결해 주셨다.

"여자가 무슨 대학원이냐. 너 석사 따면 시집 못 가."

나는 고민을 접고 취업을 했다. 시집을 가기 위해서, 남자들의 선택에서 제외되는 여자가 되지 않기 위해서 공부를 접은 격이다. 그런데 이게 정녕 20년 전의 고리타분한 옛날이야기일까? 놀이터에 있다 보면 드물지 않게 핑크 공주 판타지를 몸소 실현하여 온몸을 핑크로 두른 여자아이들을 볼 수 있다. 그러면 주변 엄마들이 "우와, 우리 ○○이 정말 예쁘네"라며 칭찬해준다. 그러면 ○○이 엄마는 어깨를 으쓱하며 "그쵸, 우리 ○○이 정말 예쁘죠. 남자는 능력, 여자는 매력이죠"라고 거든다. 우리 부모들 그리고 우리 사회는 아직도 여자아이를 '드세지 않고, 예쁘고, 착하게' 키우고 있는 것은 아닐까. 지금도 이런 양육 분위기가 크게 달라지지 않은 것 같은 느낌적인 느낌이 드는 것은 내가 아들만 키우고 있는 뭘 잘 모르는 엄마여서일까.

여자의 '원래' 그런 특성을 개인의 인격적 결함으로 이해하는 것보다는 시선을 좀 더 큰 범주로 돌려 사회적 맥락으로 이해해야 한다. 여자들의 이런 뒤틀린 특성이 사회가 여자들에게 요구한 '여성다움'이라는 성 역할의 부산물이라고 이해하는 것이, 나로서는 훨씬 납득이 간다.

나는 신나게 상담(뒷담화)해 마지않았던 많은 아줌마들에 대해서 떠올려 보았다. 그녀들은 가정과 사회에서 어떤 여성다움을 요구받으며 성장했을까. 그럴 때마다 그녀들은 그 요구에 어떻게 반응하고 감당해 오면서 살아왔을까. 이유가 있겠지. 왕따를 조장하고 뒷담화를 하는 이유 그리고 나를 못마땅하게 여기는 이유.

도대체 왜 저러는지 남들이 이해할 수 없는 행동을 반복적으로 하는 사람들은 그 행동을 스스로도 감당하기 힘들어하는 경우가 많다. 살면서 내 힘으로 아무리 바꾸려고 노력해 보아도 절대 안 바뀌는 것들이 있는데 그것에 제일 시달리며 힘들어하는 사람은 바로 본인이다. 나도 그렇다. 평온하게 살다가도 누군가가 나의 애써 숨기고 있는 뾰족하고 날카로운 부분을 건드리는 날이면, 몇날 며칠을 풀풀거리며 그 감정을 삭이기 위해서 애를 써야 한다. 그러면 '내가 또 이러네' 하는 생각이 들면서 이런 나에게 지치고 급기야 스스로 처량해지기도 한다. 아마도 내가 만나 왔던 많은 동네 아줌마들 또한 다들 본인이 감당해내기 힘든 삶의 어떤 부분을 끌어안은 채 살아가고 있을 것이다. 그 원인과 양상 또한 매우 다양하겠지. 다만, 한 가지 중요한 사실은 나에게는 그녀들의 삶을 판단할 자격이 없다는 것이다. 내가 그녀들의 이야기를 들어주는 것, 그 이상을 하는 것은 어쩌면 우정이라는 이름의 오만함일지도 모르겠다.

이 세상에 여자로 혹은 남자로 태어난 이상, 시대가 원하는 사회적 성 역할 요구에 그 누구도 자유로울 수 없다. 우리는 교육받고 경험하고 성장한다. 그러면서 나는 자유로운 개인이라고 생각하며 살게 된다. 하지만 이 사회가 '여자인 너는 여기까지, 남자인 너는 거기까지'라고 정해준 경계를 벗어난 아주 작은 것 하나라도 시도할라치면, 그때 내 앞에 커다란 장벽이 존재함을 알게 된다. 그럴 때마다 어디까지가 내 생각이고, 어디까지가 이 사회가 주입한 생각인지 헷갈린다.

아들이 묻는다.

"엄마, 여신은 왜 여신이에요?"

"어? 신은 신인데, 여자인 신이라서 여신."

"그럼 여왕은?"

"마찬가지지. 왕은 왕인데, 여자인 왕이라서 여왕."

"엄마, 그럼 글자 앞에 '여' 붙은 건, 다 '여자'라는 뜻이야?"

"거의 그렇긴 한데, 아닌 것도 많고……."

이런 단어의 의미를 알려줄 때마다 머뭇거리게 된다. 아들은 '남신, 여신'이 아닌 '신, 여신'을, '남왕, 여왕'이 아닌 '왕, 여왕'과 같은 단어들의 의미를 어떤 느낌으로 받아들이고 있을까.

기 싸움 어디까지 해 봤니

"넌 왜 그렇게 아줌마 그룹에 속하려고 애쓴 거야?"

"응?"

"난 네가 자주 외롭다고는 하지만, 그래도 나름 독립적이고 혼자만의 시간을 알차게 보내는 사람이라고 생각해 왔거든?"

"그래? 글쎄…… 난 아줌마니까?"

아줌마니까 아줌마 그룹에서 아줌마랑 놀아야지, 그럼 누구랑 어디서 놀꼬? 직장인이랑은 놀 수 있는 시간대가 달라서 놀고 싶어도 못 놀아요. 나는 '이 친구가 아직 결혼을 안 해서 내 생활에 대해서 잘 모르나' 생각했다. 그런데 친구와 헤어지고 나서도 이 질문이 머릿속에서 계속 뱅뱅 맴돌았다. 도대체 나는 왜 그랬지? 나는 왜 그토록 아줌마 그룹에 속하려고 애쓰고 또 애썼던 걸까.

"엄마, 왜 이거 내가 치워야 되는데?"

"아들, 네가 어지른 장난감 네가 치워야지. 그럼 내가 해야 해?"

아들이나 나나 장난감 정리는 너무 하기 싫다. 아들은 뭔가 하기 싫을 때 자꾸만 내게 '왜 해야 되냐'고 물어본다. 이렇듯 내 안에서 일어나는 '왜?'는 하기 싫음과 동의어인 경우가 많다. 결국 내게 던져진 질문, '왜 그렇게 아줌마 그룹에 속하려고 애쓴 거야?'는 사실은 속하고 싶지 않았던 내 마음을 인정하는 것부터가 그 대답의 출발이었다. '애썼다'는 것 자체가 그룹에서 벗어나고자 했던 내 마음을 억지로 끌고 간 것이기 때문이다. 사실 나는 모임 초반에만 해도 사람을 사귄다는 기대감에 기분 좋은 설렘을 느끼고 있었다. 하지만 시간이 흘러가면서 모임 자체에 시들시들 흥미를 잃어갔다. 그러다 보니 자주 컨디션 탓을 하며 모임에 나가지 않을 궁리를 하게 되었다.

나는 아줌마 그룹에서 최대한 튀지 않으려고 노력했다.

인터넷 맘카페에서 보아왔던 아줌마들 사이에서 발생한 다종다양한 사건들과 선배 맘들에게서 들어온 여러 '괴담'들 때문일까. 나는 동네 아줌마 그룹에서 조심성 있게 행동해야 한다는 것을 명심 또 명심했다. 거기에다 애들까지 엮여 있다 보니 나의 작은 잘못으로 인하여 혹 내 아이의 친구 관계에 문제가 생기지나 않을까, 늘 아이도 단속하고 나도 단속하며 그렇게 조심조심 지내왔다. 하지만 그렇게 지내면 지낼수록 점점 더 갑갑해지기 시작했다. 나는 '착한 아줌마 코스프레'를 언제까지 지속할 수 있을까? 하지만 착한 아줌마인 척을 하고 있는 내 갑갑함과는 별개로, 그녀들은 나의 이 어설픈 호의를 권리로 받아들이는 것만 같았다. 상황은 점점 더 꼬여만 갔다.

그녀들은 무슨 말을 하더라도 그저 허허실실 웃고 넘기는 나에게 점점 더 센 말들을 하기 시작했고, 재미있는 개그 던지기를 성공이라도 한 듯 단체로 까르르 웃고 넘기기도 했다.

아들만 키우는 나에게

"우리 시어머니가 그러시더라고. 며느리 집에는 가는 게 아니라고."

"같이 살아보니까 남자들 진짜 멍청하더라고. 아들들
도 그렇지? 요즘은 전교 1등도 다 여자애들이야."

"6살 후반인데 아직 한글을 못 읽으면 어떻게 해? 역시
남자애들은 언어가 달려."

평소 불필요한 소비를 싫어하는 나에게

"아직도 외식을 두려워한다고? 애한테 그냥 핸드폰 보여
줘. 남들도 핸드폰 나쁜지 알면서도 다 그냥 보여 주는 거
야. 그리고 돈도 좀 적당히 쓰면서 살아야 지역 경제도 살
아나지 않겠어?"

"어머, 현민이도 나이키 운동화 신었네? 자기 웬일로
큰맘 먹고 하나 사 준거야? 브랜드 운동화가 좀 비싸긴
하지?"

《선량한 차별주의자》에서 김지혜 작가는 일상에서 자주
경험하는 유머와 놀이를 가장한 상대방에 대한 비하성
표현에 대해 그것이 오히려 '일상'이기 때문에 더욱 풀기
어렵다고 말한다. 사람들은 흔히 재미를 주고자 '이건 장

난이야'라며 상대방에게 비하성 언어 공격을 내뱉곤 한다. 하지만 받는 사람 입장에서는 그 말이 너무나 가볍기 때문에 역설적으로 그것이 자신의 마음에 얼마만큼 비수처럼 날아와 꽂히는지를 설명하기가 너무나도 어렵다고 작가는 예리하게 지적한다. 그 장난 섞인 말을 듣는 순간 분위기상 어떻게 맞받아쳐야 하는지 대개는 말문이 막혀버린 채, 그 순간을 지나가게 된다는 것이다. 그야말로 순발력이 필요한 순간이다.

그리고 이런 상황은 겪을 때마다 당황스럽고 생경하다. 나는 지금껏 살아오면서 어른 여자 인간과 이런 식의 대화를 해본 적이 거의 없었다. 과거 인간관계에서 유머를 가장한 비난 혹은 비하를 탁구 치듯 치고받는 대화의 기술을 심도 깊게 경험해보지 못한 탓일까. 나는 자주 말문이 막히곤 했다. 그렇게 머리가 하얘져서 어리바리하다 보면 그룹 멤버들은 나에게는 이래도 된다는 인증이라도 받은 듯, 다음번에도 그 다음번에도 내게 이런 말들을 스스럼없이 하곤 했다. 내가 할 수 있는 거라곤 그런 말들에 찌든 내 감정을 그때그때 털어내지 못하고 고스란히 집까지 가져와선 애먼 남편이나 아이에게 갑자기 버럭 하면서 화풀이를 해 대는 것, 그 외엔 별다른 해소법이 없었다. 그러면 남편은 먹이사슬의 가장 하단에 자기가 있는 것이냐며 내게 아줌마들 모임에 가능하면 나가지 말라고 했다.

나는 시간이 흐르면서 이것이 '기 싸움'이라는 것을 알게 되었다. 무슨 이유에서인지는 모르겠으나 저런 말로 내게 심리적 압박을 가한 후, 본인이 승자의 위치에서 나를 누르려는 것이었다. 어떤 그룹보다도 민주적이며 평등할 것이라고 예상했던 아줌마들 간의 관계. 그러나 오히려 이 관계는 서로가 서로를 제일 견제하며 그룹 안에서의 서열 매기기에 열중인 것처럼 보인다. 문제는 줄을 세워 줄 확실한 기준이 없으므로 그 기준이 때에 따라 바뀐다는 것이다. 회사나 군대가 직급으로 서열을 깔끔하게 정리해 주는 데는 아마도 다수의 인간을 관리하기에 직급이라는 하나의 기준이 가장 효율적이기 때문일지도 모르겠다. 그러나 아줌마들끼리는 삶의 조건, 즉 아파트 평수, 자동차 배기량, 남편이나 본인의 직업, 시댁이나 친정의 재력, 패션 센스, 피부 관리 정도, 아이의 똘똘함 정도, 대화의 기술 등의 변수가 총망라되어 힘의 역학 관계가 형성된다. 게다가 내가 사는 '신도시'라는 공간적 요소 또한 아줌마들끼리의 기 싸움을 크게 한 몫 거들어 주었다. 인간은 기본적으로 자신이 속한 사회 서열에 준하거나 혹은 높은 서열에 속하는 사람들과 사귀고자 하는 욕망이 있다. 반대로 내가 생각했을 때 나보다 수준이 좀 떨어진다 싶은 사람들과는 어울리고 싶어 하지 않아 한다. 집단생활을 하는 인간의 본능일 것이다. 이곳 신도시는 이런 인간의 본능적 욕구를 매우 충실히 반영하여 설계된 곳이다. 사는 수준이 비슷한 사람들끼리 모여 살기에 딱 좋게 말이다. 흔히들 기피한다는 임대아파트는 도시에서 가장 접근성이 좋지 않은 최외곽 지역에 이미 지어져 있어, 도시 한복판에 위치한 영유아 문화센터에서 만난 엄마들끼리는 서로 사는 동네를 물어보고 ○○동네에 산다고 하면 안 끼워준다는 소문도 있었다. 동네마다 꽤나 차이 나는 주거비용으로 인하여 각 가정의 경제력이 계단식으로 매우 선명하게 드러나기 때문이다.

삶의 조건이 비슷한 사람들끼리 모여 살게 되면 일단 처음에는 편안하다. 서로 간에 굳이 설명하지 않아도 딱 보면 어느 정도 견적이 나온다. 그렇게 비슷한 사람들끼리 동네를 오다가다 만나면서 자신의 속내도 이야기하게 되고, 이내 원만하게 친해지곤 한다. 그런데 시간이 지나면서 이 관계가 블랙코미디처럼 웃기면서 씁쓸하게 흘러가기도 한다. 인간은 동류와 '무리 짓기'를 원하는 동시에 '구별 짓기'를 원한다. 비슷해서 좋은데, 또 똑같은 건 싫은 거다. 친해질 때까지는 비슷해서 편했지만 이후에는 동류와 내가 구별되기를 원하는 마음이 발동한다. 그러다 보니 속한 그룹 안에서 어떻게든 나만이 가지는 탁월한 차이점을 발견해 내고자 한다. 이때부터 자주 남들과 비교하며 예민하게 상대의 삶을 스캔한다. 댁의 남편은 어느 회사를 다니느냐, 그래서 그 회사는 연말 보너스를 어느 정도 주느냐, 외벌이로 그 정도 벌면 아이 학원은 몇 개 정도 보낼 수 있느냐, 아이는 그 학원에서 무슨 레벨이냐 등을 남들과 계속해서 비교한다. 이런 분위기에서 마인드 컨트롤을 제대로 하지 않으면 '내 인생은 왜 이런가' 하는 자괴감에 빠지기도 한다. 그런데 상대가 너무 튀거나 나와의 차이가 확연히 드러나면 그건 또 불편하다. 즉 범주 안에 속하면서 서로 간에 용인 가능한 수준까지만 구별되는, 딱 거기까지만 받아들이게 되는 것이다.

아이 옷 정보

랄프 로렌, Gap 해외 직구 방법 및 직구 시간 공유

겨울 패딩은 뉴발란스. 세일 기간 및 사이즈 정보 공유

아이 교육 정보

영아 교재 프뢰벨 영업사원 정보 공유

영어 프로그램 그룹으로 함께할 사람 찾기

가정 미술 수업 같이 신청할 사람 찾기

신도시에 살면서 중산층을 꿈꾸는 30~40대 가정들이 원하는 육아 방식이란 게 이런 것일까. 나 역시 이 방식에 맞춰야 하는 순간들을 꽤나 자주 마주쳤다. 그럴 때마다 내 삶이 강력한 힘을 가진 어떤 것에 의해 가공되고 있는 느낌이 들곤 했다. 하지만 나는 이런 방식의 육아를 원하지 않았다. 범주에서 이탈하고자 하는 데는 용기가 필요했다. 그래서 그들이 나를 바꾸지 못하도록 나는 묵묵히 가만히 있었다. 이 방식에 반감을 드러내어 빈축을 사고 싶지도, 그렇다고 앞에서는 호응하면서 뒤에서는 안 하는 거짓 행동을 하고 싶지도 않았다.

사실 나는 내가 속한 그룹의 엄마들을 참 많이 좋아했다. 이곳에서 사람을 사귄 첫 정이라서 그랬던 걸까. 하지만 계속되는 육아 간섭을 버텨낼 힘이 내겐 없었다. 내게 딱히 육아 철학이란 게 없어서 마음만 더 우왕좌왕했는지도 모른다. 나는 그녀들을 좋아하고 잘 지내고 싶은 마음과, 그룹이 원하는 어떤 것을 취하지 않을 자유 사이에서 꽤 오랜 시간 고민했다. 고심 끝에 나는 그 그룹에서 빠져나왔다.

돌이켜 보면 남들이 나를 불편해하지 않으면서 나 스스로도 갑갑하지 않도록 노련하게 나를 드러내었어야 했다. 적당한 선에서 나를 방어하고, 적당한 선에서 솔직함을 드러내고, 적당한 선에서 맞받아치기. 그런데 그것이 너무 어려웠다. 좋고 싫음이 명확하고 한 번 친해지면 속내를 가감 없이 드러내는 나에겐 이 적정선을 찾는 것부터가 숙제였다. 나는 사람들과 적당히 지내는 관계에서 헛헛한 허기를 느끼고 있었다. 나는 사람들과 친밀해지고 싶었다. 나에게 적당히란 상대에게 충실하지 않다는 뜻이기도 했다. 하지만 친밀해지기엔 감당해야 할 것이 너무 많고 무거웠다. 나는 친밀하지 못하다는 허기와 적당히가 주는 안정감 사이에서 줄다리기하고 있었다.

그런데 아줌마들과의 기 싸움에서 이기고 지는 것 이전에, 왜 그토록 아이 친구 엄마들을 만나고자 했을까. 당시 나는 외로웠고 비슷한 육아 문제를 가지고 있는 사람과 이야기를 나누고 싶었다. 그래서 엄마들 모임에서 육아 고민을 자주 토로하곤 했다. 산만한 아들 훈육 방식에 대해 이야기를 나누고, 아들을 키우고 있는 엄마들의 경험담을 귀담아들었다가 아이에게 그대로 적용해 보기도 했다. 그런데 내 아이에게는 그 엄마의 추천법이 잘 들어먹지 않는 경우가 많았다. 한번은 호기심 많고 산만한 우리 아들의 정서 함양에 도움이 될 것이라며 홍대 미대 출신 원장 직강 미술학원을 추천받아 그곳에 등록한 적이 있다. 그런데 차를 미술학원 앞에 주차하자, 아들은 뒷좌석 카시트에 매달려 차에서 내리질 않았다. 결국 겨우 달랜 아들은 미술학원 대신 미술학원 앞 공원 모래 놀이터에서 모래를 던지며 신나게 놀았다. 나는 그런 아들을 보며 생각했다.

'내가 지금 이 녀석이랑 뭘 하는 거지.'

사랑스러운 나의 아들은 그 비싼 미술학원 8회를 다 다니지도 못하고 그만두었다.

아줌마들과의 기 싸움을 버텨내면서까지 내가 구하고
자 했던 것, 그것은 다 뭐였을까. 내 인생의 질문은 남을
통해서는 해결할 수 없다. 이 간단한 자각만으로도 내게
일상은 너무 거칠고 불친절하다.

우정, 그 곤란함에 대하여

내게 우정이란 어떤 것인지를 가르쳐준 친구들의 이야기를 해 보려 한다. 그녀들은 내 인생의 마디마디를 따뜻함과 유머 그리고 계산되지 않은 투박함으로 채워주었다. 그녀들은 내게 좋은 일이 있을 때 진심으로 축하해주고 슬픈 일이 생기면 나보다 더 애달아한다. 하지만 우리 또한 마음을 이렇게까지 나누는 데 많은 사건을 겪어냈다. 우리는 분명 친구인데 그래서 또 곤란하기도 했던, 그때 그 시절 이야기를 풀어본다.

손에 꼬옥 쥐여 준 마음, 현희 언니

현희 언니는 대학에서 만났다. 재수해서 나보다 한 살 많았던 그녀는 나에게 자신의 친구를 소개팅해 주었고, 나는 그와 어찌어찌하여 사귀게 되었다. 그의 이름은 호영. 당시 꽤나 잘사는 집안의 아들이었던 그는 나에게 자주 데이트를 하자고 했지만, 대학교 1학년 시절의 나는 데이트 장소까지 나갈 차비가 없는 날이 잦을 정도로 매우 가난했다. 나는 움직이기만 해도 돈이 드는 데이트 비용을 남자친구에게만 부담을 지게 하고 싶지는 않았다. 그래서 아무 약속도 없으면서 거짓으로 없는 일정을 만들어내어 그의 만나자는 요청을 거절하곤 했다. 현희 언니는 이런 사정을 뻔히 알고 있었다.

"니, 오늘 호영이 안 만나나?"

현희 언니가 내게 물었다.

"어, 내 오늘 안 만난다. 내가 돈이 읍따 아이가. 뭐 할라고 맨날 만날 끼고. 만나면 또 밥 얻어 묵고 차 얻어 마시고. 아…… 이게 뭐 한두 번도 아이고. 내는 오늘 그냥 조용히 버스 타고 집에 갈란다."

이런 나를 현희 언니는 물끄러미 쳐다보았다. 그러더니

가방에서 주섬주섬 뭔가를 꺼내어 나에게 건네주었다.

"자."

그건 오천 원짜리 지폐였다.

"어? 이기 므고?"

"이거 받아라, 이거 가지고 호영이하고 데이트해라."

"어……?"

내가 언니를 멀뚱멀뚱 쳐다만 보며 머뭇거리자, 그녀는 그 오천 원짜리 지폐를 내 손에 꼬옥 쥐여 주었다.

"어, 언니야……."

나는 울컥하며 감동함과 동시에 남자친구랑 데이트할 생각에 마음이 급격하게 들떠버리고 말았다. 나는 언니가 준 돈 오천 원을 들고 부랴부랴 남자친구를 호출하여 데이트를 했다. 그리고 호영이와 이천오백 원짜리 순두부찌개를 먹었다. 나는 계산대 앞에서 어깨를 쫙 펴고 "이건 내가 살게"하며 호기롭게 밥값을 지불했다. 그 순간 너무 뿌듯했다. 옆에서 슬며시 미소 짓고 있는 호영이의 얼굴을 보니 참 예뻤다. 그때 잠깐 현희 언니의 얼굴이 스쳐 지나갔다.

그해 늦가을, 호영이는 군대를 갔다. 나, 현희 언니, 현희 언니의 남자친구이자 호영이 친구인 준형, 그리고 호영이 부모님까지. 이 많은 인원이 모두 호영이 아버지 차에 끼여 앉아 장장 8시간 동안 차를 타고 101보충대까지 따라가 배웅했다. 입소 날 호영이는 말이 없었다. 대신 사람들과 눈만 마주치면 아무 말 없이 씨익 웃어주었다. 호영이는 훈련소 입구로 들어가면서도 계속 뒤돌아보고 손을 흔들며 우리에게 웃어주었다. 그런 그를 보며 나도 울고, 현희 언니도 울고, 호영이 어머니도 우셨다.

나는 나를 두고 군대에 가 버린 호영이가 자주 미웠다. 사실 너무 보고 싶어서 미운 감정이 드는 것이었다. 내가 외로울 때마다 내 옆에 있는 것도 아니고 그렇다고 없는 것도 아닌 '군대에 있는' 남자친구. 나는 그가 그리울 때마다 현희 언니에게 전화를 했다. 현희 언니가 내 남자친구라도 되는 듯이 밤이면 전화통을 붙잡고 한 시간이고 두 시간이고 언니와 수다를 떨었다. 또 주말이면 언니를 만나서 영화도 보고 밥도 먹고 쇼핑도 했다. 언니는 '왜 이 나라를 호영이가 지켜야 하냐'며 억울해하는 나를 가만히 지켜보며 이야기를 들어주었다. 그렇게 몇 달이 지나자 이 감정에도 점점 익숙해져 어느새 나는 현희 언니와도 좀 덜 만나며 덤덤하게 일상을 살아가고 있었다.

그렇게 세월이 흘러갔고 2년 2개월이 지나 호영이는 제대를 했다. 하지만 제대하고 두어 달 후 호영이와 나는 '진짜로' 헤어졌다. 이번에는 호영이만 울었다. 군대를 간 게 호영이의 잘못은 아니었지만, 제대한 그를 보니 나는 화가 났다. 잘 지내던 내 일상에 갑자기 하늘에서 남자친구라는 존재가 뚝 하고 떨어져서 밤이면 맥주 마시자, 주말이면 데이트하자고 하는 것이 내겐 너무나도 귀찮고 어색한 시간이었다. 하지만 나는 그의 데이트 제안을 거절하기가 힘들었다. 내겐 여전히 '호영이의 여자친구'라는 타이틀이 달려있었으니까. 나는 더 이상 내 힘으로는 풀 수 없는 얽히고설킨 복잡한 이 감정을 정리하고 싶어졌다. 언제부터였을까, 나는 아마도 꽤나 오래전부터 그를 사랑하고 있지 않았던 거였다.

마음을 정한 어느 날, 나는 카페에 앉자마자 너무나도 편안하게 "이제, 우리 그만하자"고 말했다. 호영이는 자리에서 일어서는 나를 물끄러미 쳐다보더니, 자신은 좀 더 앉아 있다가 가겠다며 나에게 먼저 가라고 했다. 나는 카페를 나와 버스 열 정거장 정도를 걸었다. 지난 3년을 정리하는 데 3분도 걸리지 않다니. 억울하고 허무한데, 어쩐지 홀가분했다.

다음 날, 학교에서 현희 언니를 만났다.

"말했나?"

"어."

"그래서 호영이는 뭐라하대?"

"내보고 먼저 가라드라. 지는 좀 더 앉아 있다가 간다꼬."

"허, 아 맞나."

언니는 한참이나 말없이 나를 지긋이 쳐다보았다. 그러다가 눈에 눈물이 맺히더니 언니가 울기 시작했다. 그리고 내게 말했다.

"야…… 이거 우리 잘못 아니잖아. 근데 와이리 슬프노. 우리…… 그냥 이렇게 된 거잖아."

언니는 어깨를 들썩이며 꽤 오랜 시간을 울었다. 나는 그렇게 한참을 우는 언니를 보면서 그간 호영이와 나 사이에서 시달려왔을 언니의 마음을 조금이나마 알아챌 수 있었다. 언니도 힘들었구나. 그간 언니도 우리만큼이나 마음 졸이며 지내왔구나. 언니는 우리가 사귀고 헤어지는 그 긴 시간 동안 내 마음과 호영이 마음을 모두 보듬어 주었다. 그러면서 우리 둘 사이를 아는 척해야 할 때와 아닌 때를 가늠하면서 어느 한쪽에 기울지 않는 우정을 전달하려고 무던히도 애썼던 거였다. 언니에게는 호영이도 나만큼이나 소중한 친구인 것을……. 나는 많은 날 언니가 나와 더 친한 친구일 거라 여겨왔고 또 언니가 나를 그렇게 대해주기를 바랐다. 한참을 우는 언니를 보니 나는 호영이보다도 언니에게 더 미안했다.

며칠이 지난 후 호영이 아버지로부터 전화가 왔다.

"호영이가 며칠째 집에 안 오고 있는데……."

"네? 아. 아버…… 아, 제가 찾아볼게요. 너무 걱정하지 마세요. 아마도 준형이네 집에 있을지도 모르고요. 제가 이리저리 찾아보고 연락드릴게요."

"그래, 음, 그라고……. 니, 그라니까…… 우리 호영이 군대 갔을 때 니한테 고마웠었다. 그래, 니도 잘 지내라."

"네에? 아, 네……."

나는 울었다. 그리고 현희 언니에게 전화를 했다.

"언니야, 호영이가 집을 나갔다카는데. 아아…… 언니가 좀 찾아도……."

두어 시간이 지나고 현희 언니에게서 전화가 왔다. 언니는 내게 호영이는 창호네 집에 있다고 전해주었고, 언니가 호영이 아버지와도 전화 통화를 했다고 했다.

호영이가 군대에 있을 때 내가 그와 헤어지지 않은 것은 다 현희 언니 덕이었다. 호영이 아버지는 내가 아닌 현희 언니에게 고맙다고 하는 것이 맞지 않을까. 이렇게 서툴렀던 내 첫사랑의 시작과 끝에는 늘 현희 언니가 있어주었다.

초코파이를 보면 생각나는 그녀들

나는 대학 졸업 후 3년간 다녔던 회사를 과감히 그만두었다. 그리고 배낭 하나와 구호 물품이 차곡차곡 들어간 허리까지 올라오는 바퀴 달린 무거운 이민 가방을 질질 끌면서 인도로 갔다. 나에겐 6개월간 해외 구호 활동을 하겠다는 원대한 계획이 있었다. 하지만 더 솔직히 말하자면 구호 활동이라는 명분 뒤에 숨어 가출 및 현실도피를 하고자 한 것이었다.

해외 구호 활동 기관에서 설명하기를 '인도에 머물면서 인도 아이들을 가르치는 보조 선생님 업무를 하면 공짜로 밥도 주고 잠도 재워준다'고 했다. 물론 추가적으로 이 일 외에도 수많은 막노동 스타일의 잔업이 나를 기다리고 있었지만, 그땐 몰랐다. 여하튼 나는 밥도 주고 잠도 재워준다는 말에 솔깃해 구호 활동 지원서를 작성했다. 그리고 면접을 보고 기관에서 3주간의 적응 시간을 거친 후 인도행 비행기를 탔다. 인천에서 인도 비하르주에 있는 사업장까지 가는 데만 총 2박 3일이 걸렸다. 인천에서 태국 방콕까지 비행기를 타고, 또 방콕에서 인도 캘커타까지 비행기를 탄 후 캘커타에서 비하르주 가야시까지 기차를 9시간가량 탔다. 그리고 기차역에 내려서는 툭툭이를 탔다. 툭툭이를 타고 한 시간 정도 달리니 울창한 숲 한가운데 분홍색 벽돌로 담을 두른 학교 하나가 덩그러니 나타났다.

'아아, 드디어 도착했구나.'

퀭해진 나는 비틀거리며 배낭과 이민 가방을 숙소로 옮겼다. 그러자 그곳에서 이미 활동 중이던 한국인 활동가 여러 명이 우르르 나와서 나를 반겨 주었다.

"어머, 어떻게 이렇게 왔니. 전화를 하지. 그럼 우리가 데리러 나가는데……. 중간에 우리한테 연락을 좀 하지 그랬어."

"아, 그런 거였어요? 제가 인도에서 전화를 어떻게 해야 하는지를 몰라서……."

그때 여자 활동가 두 명이 슬리퍼를 끌며 터덜터덜 나타났다. 결이 좋지 않은 긴 생머리에 검게 그을린 푸석한 피부와 피곤한 두 눈. 그리고 언제 갈아입었는지 알 수 없는 옷차림의 그녀들.

'뭐지, 얘네 둘은……'

이곳에 도착하면 한국인 활동가들에게 부르기 쉽게 인도 이름을 지어주는데, 그녀들은 인도 이름으로 레카와 뿌스빠라고 했다. 그녀들은 내게 자신들은 한국에서 대학교 3학년을 휴학하고 이곳에서 활동 중인 23살 동갑내기라고 소개했다.

레카와 뿌스빠는 나를 잠깐 반가워하며 말했다.

"어머, 아직은 피부가 정말 하야시네요."

"아, 네."

나는 멋쩍게 대답했다. 짧은 자기소개 이후 어색하게 침묵이 흐르는 사이, 그녀들의 시선이 어느 한 곳에 고정되는 게 느껴졌다. 기관에서 나더러 인도까지 안전하게 끌고 가라고 한 저 무거운 이민 가방.

"아, 간사님께서 중요한 거 들었다고 하시더라고요" 하며 가방을 내밀자, 그녀들은 민첩하게 가방 안에서 뭔가를 뒤적뒤적 하기 시작했다. 그러더니 갑자기 환호성을 질렀다.

"있다, 있어! 저기 구석에! 초코파이!"

그러더니 가방 안으로 들어가고야 말겠다는 기세로 허리를 굽혀 낑낑대며 초코파이 한 상자를 꺼냈다. 그리고 둘이서 말도 없이 초코파이를 먹기 시작했다. 나는 그녀들을 쳐다보며 '너희들…… 한국이 많이 그리웠던 거야? 그래, 많이 먹어. 내 것까지 다 먹어'라고 생각했다. 여기까지야 뭐 한국이 그리운 존재들이 할 수 있는 예측 가능한 범위 내의 행동이라 할 수 있을 것이다. 그런데 둘 중 한 명이 초코파이 포장지를 주섬주섬 모으더니 "야, 우리 이거 방 벽에 붙여 놓을까?"라고 하는 게 아닌가. 그러자 다른 한 명이 반색하며 "어머, 정말? 그거 너무 좋은 생각이다! 그래그래"라고 응했다. 그러더니 둘이서 초코파이 포장지 여러 개를 차례차례 정성스럽게 펴기 시작했다.

'허…… 애네 뭐야? 설마? 정신…… 아니 아니야. 에이,

아닐 거야.'

많이 놀랐지만 초면인지라 예의상 놀라지 않은 척 하려고 꾹꾹 참고 있는 내 표정을 누군가가 읽었던 걸까. 레카인지 뿌스빠인지 둘 중 하나가 나를 향해 새침하게 웃으며 말했다.

"저기, 뭐 여기서 살다 보면 다들 좀 이렇게 되거든요."

"아, 네."

'아닌 것 같은데. 다른 사람들은 다들 멀쩡해 보이는데……. 그건 그렇고 내가 이 인도 촌구석에서 저런 애들이랑 6개월을 같이 살아야 되는 거야?'라는 걱정이 스멀스멀 들던 순간, 우리를 물끄러미 쳐다보시던 간사님께서 내 어깨를 토닥이며 이제 그만 방에 들어가 짐을 풀라고 하셨다.

그 후로 며칠이나 지났을까. 나는 한 치의 의심도 없이 그녀들의 예측대로, 그녀들에게 백 퍼센트 동화되고야 말았다. 샴푸가 없어서 비누로 감은 머리는 비누의 알칼리 성분 때문에 그녀들보다 더 거칠어졌다. 또 세탁할 땐 비누가 이상한지 물이 이상한지 아무리 손빨래로 벅벅 문지르며 빨아도 옷이 깨끗해지질 않았다. 무엇보다도 나는 단 것이라면 사족을 못 쓰는 그녀들처럼 되고야…… 말았다. 나의 당 사랑은 급기야 사람들이 단맛이 좀 의심스럽다 싶은 음식을 내게 먼저 들이밀며 "일반인들이 먹을 수 있는 정도인지 아닌지 어디 네가 먼저 한번 먹어 봐"라고 할 지경에 이르렀다.

그곳에 살면서 우리는 매주 일요일이면 대청소를 했다. 어느 대청소 시간, 청소가 대략 끝나갈 즈음 누군가 아직 화장실에서 청소를 하고 있었다. 좌식변기 중간에 쭈그리고 앉아 온 우주를 차단한 듯한 집중력으로 변기의 누런 곰팡이와 세균을 온몸의 무게를 실어 벅벅 문지르고 있는 단단한 등짝을 가진 여자가 보였다.

'음, 누구지? 아, 간사님이시구나.'

나는 한참을 간사님의 등짝을 바라보다가 "간사님, 언제 끝나요? 이제 그만 좀 하시고 저랑 짜이(밀크티)나 한잔 하시죠?"라고 했다. 그러자 "어? 언니, 나야. 이 때만 좀 벗기고. 아 왜 이렇게 안 되는 거야. 언니, 먼저 가서 짜이 좀 만들고 있어. 나 금방 갈게"라는 것이 아닌가. 그녀는 바로 레카였다.

순간, 나는 레카에게 반해버렸다. 꾀부리지 않고 약지

않은 레카. 누가 보든 안 보든 자기 할 일을 묵묵히 최선을 다해서 하는 레카. 레카는 이런 애구나. 적당히 내 할 일만 했던 나는 그녀의 모습을 보며 반성했다. 이런 레카에게 나는 어디서 구할 수만 있다면 초코파이 한 상자를 구해다가 그녀의 품에 안겨주고 싶었다.

시간이 지나 비자가 만기된 레카가 먼저 한국으로 돌아갔고, 나는 뿌쓰빠와 같은 방을 사용하게 되었다. 그 방에는 몇 개월 전 내가 가지고 왔던 초코파이 포장지가 그대로 붙어 있었다. 가끔 뿌스빠와 나는 초코파이 포장지에 코를 킁킁대며 냄새를 맡곤 했다.

"킁킁, 아직도 초코 향기가 나는 거 같지 않니?"

"어머, 진짜! 너무 좋아. 킁킁."

어느덧 뿌스빠도 비자 만료 기한이 다가오고 있었다. 뿌스빠는 이곳에서 구호 활동을 6개월 더 하기로 결정했기에, 그녀는 비자를 연장하기 위해 스리랑카로 2주간 다녀와야 했다. 나는 잠깐이지만 혼자서 방을 쓰게 된다는 약간의 기쁜 마음과 뿌스빠가 2주 동안 이곳에 없다는 아쉬운 마음을 동시에 가지고 있었다. 그런데 뿌스빠가 스리랑카로 간 첫날, 나는 하나도 기쁘지 않다는 것을 알게 되었다. 방 한가운데 혼자 덩그러니 누워 있으니 뿌스빠가 재잘거리는 소리가 들리는 듯했다.

"언니, 동네 꼬마 바찌가 사뚜(영양식)를 먹었는데 한 번 더 가지고 가는 거야. 그래서 왜 그러냐고 물었더니 글쎄 집에 있는 동생 가져다주려고 그랬대. 어린 것 마음이 참……."

"언니, 오늘 람지 아저씨가 나 먹으라고 몰래 사모사(인도 간식) 갖다 주고 갔어. 우리 이거 같이 먹자."

"언니, 카미스홀 ○○이 엄마가 넷째를 낳다가 죽었대……."

뿌스빠는 밤이면 자신의 일터인 병원에서의 일과를 내게 이야기해 주곤 했다. 나는 그런 뿌스빠가 너무 보고 싶었다. 전화도 편지도 할 수 없는 스리랑카 어딘가에서 뿌스빠는 혼자서 비자 연장 업무를 잘 처리하고 있을지, 걱정되고 궁금했다.

2주가 지난 후 뿌스빠가 돌아왔다. 뿌스빠는 돌아오자마자 스리랑카에서 사온 물건들을 침대 위에 좌르륵 펼쳐 놓았다. 그리고 스리랑카 과자를 먹으며 그곳에서 겪은 일들을 나에게 미주알고주알 이야기해주었다. 나는 그날 밤 뿌스빠의 스리랑카 스토리를 들으며 쿨쿨 잠을 잤다. 2주 만에 자는 꿀잠이었다.

6개월간의 해외 구호 활동은 생각보다 녹록지 않았다. 무엇보다도 몸이 고단했다. 구호 활동은 물론이고 요리, 세탁, 청소 등 일상을 유지하기 위해서도 활동가들은 계속해서 몸을 써야 하는, 실로 아침부터 밤까지 쉴 틈 없는 나날들이었다. 하지만 나는 레카, 뿌스빠를 비롯해 여기엔 미처 다 적지 못했지만 모한, 라니, 아칸차, 수다 등 여러 친구들 덕분에 건강하게 지낼 수 있었다.

프로이트와 융과 지윤 언니

출근 버스에서 생각했다.

'오늘은 꼭 말한다. 오늘 저녁에는 지윤 언니에게 진짜 말한다.'

하지만 나는 말하지 못했다. 나는 그다음 날, 또 다짐을 했다.

'오늘은 언니에게 진짜 말해야지.'

하지만 역시나 말하질 못했다. 그렇게 나는 지윤 언니에게 내 결혼 소식을 전하는 것을 차일피일 미루고 있었다.

자의도 타의도 아닌 시간의 위대한 힘에 의해 나와 나의 친애하는 몇몇 친구들은 결혼이라는 관문에서 시나브로 멀어지고 있었다. 우리들은 나이 들수록 한 번씩 깊이 있게 느껴지곤 하던 외로움과 더불어, 우리더러 '결혼도 못하는 여자'라는 열패감을 지우던 사회적 시선을 한 번도 상처받지 않은 것처럼 꿋꿋하게 버텨내야만 했다. 그래서 우리는 나름의 자구책으로 우리끼리 자주 만나 먹고 마시고 놀면서 '우린 보수적인 한국 남자들이 감당하기엔 좀 심하게 괜찮은 여자들'이라는 우리들만의 연대의식을 만들어가고 있었다. 그런데 내가, 모임에서 선두주자 역할을 해왔던 내가, '결혼'을 결심한 것이다. 이건 일종의 배신이었다. 나는 친구를 잃는 것을 나 스스로 선택한 것 같은 죄책감을 느끼곤 했다. 결혼하고 우리와 멀어진 애가 어디 한둘일까. 하지만 나는 걔네들이랑은 근본적으로 다르고, 진심으로 그게 아닌 거다. '친구는 친구라서 좋고, 선 본 남자와는 같이 살아보고 싶은 마음이 들 정도로 너희들과는 다른 면에서 좋다'라는 변명거리를 머릿속에 잔뜩 집어넣고 친구들을 만났다. 그리고 주저주저 쭈뼛쭈뼛 나의 결혼 소식을 전했다. 친구들의 반응은 반

색과 축하였다.

"이야, 너라도 가서 잘 살아라."

나를 보니 자기들도 희망이 생긴다나 뭐라나. 하지만 친구들이 모임 후 집으로 돌아가는 발걸음에서 느꼈을 그 허전함을, 나는 안다.

당시 내가 가장 망설이다가 제일 늦게 결혼 소식을 전하게 된 사람은 지윤 언니였다. 계산에 능하지 못하고 어제 일도 잘 까먹는 지윤 언니를 나는 잘 챙겨주고 싶었다. 그런데 나는 결혼을 한다. 언니를 많이 좋아하고 결혼 후에도 언니와 자주 만나서 재밌고 행복한 시간을 함께 보내고자 했지만, 그것과는 별개로 나는 언니와는 다른 삶의 행보를 결심한 것이다.

"언니 저기…… 나, 할 말이 있는데. 나…… 결혼하려고."

"아 맞나. 지난번에 그 선 본 남자랑?"

"응. 그러기로 했어. 내가 너무 늦게 말했지?"

"좀 놀랍기는 하네. 아 뭐야. 암튼 축하한다. 자, 마시자. 짠!"

"응……. 고마워."

우린 그날 한 상 가득한 음식을 다 먹지도 못했다. 대신 술을 마셨다. 언니와 나는 말없이 상대방의 빈 잔을 채워주었다. 그날 우리는 둘 다 몸을 가누기 힘들 정도로 술을 마셨다. 술을 핑계로 서로의 속내를 꺼내어 한판 푸닥거리를 하고 싶었던 것일지도 모른다. 그러고 나면 속은 쓰리고 머리는 깨질 듯 아픈데 이상하게 내가 다시 태어난 것 같은 기분이 들면서, 다시는 술 안 마시며 착하고 건강하게 잘 살아야지 하는 의욕이 마구 샘솟기도 하던데…… 그날은 그렇지가 않았다. 그 후로도 며칠 동안 나는 내가 언니를 저버린 것 같은 기분을 떨쳐 버릴 수가 없었다. 하지만 정작 언니는 별말이 없었다.

지윤 언니와는 인도에서 활동하던 시절 알게 되었다. 내가 인도에 도착하자 언니는 한국으로 돌아가는 시기였는데, 그때 2주 정도를 같이 살았다. 당시엔 그냥 그럭저럭 지냈는데 한국에 돌아와 나이 서른을 넘긴 후 언니와 친해졌다. 우린 둘 다 강북 언저리에 살아서 참 자주도 만났다. 언니와 나는 주말이면 홍제천을 두 시간이고 세 시간이고 걸었고 그다음엔 맥주를 마셨다. 그러면서 참 많은 이야기를 나누었다. 당시 내가 다니던 회사와 동료들

이야기, 상담사라는 언니 직업에 대한 이야기, 언제 돈 모아서 서울에 전셋집이라도 마련하냐는 이야기, 정치 이야기, 여름휴가 계획 등 일상다반사를 포함해 서로가 꿈꾸던 이상적인 인생 같은 철학적인 이야기까지. 언니와 나 사이에는 이런저런 이야기가 끝도 없이 이어졌다. 그땐 뭐가 그렇게도 할 말이 많았을까.

지윤 언니의 직업은 심리상담사다. 그녀는 '단순·무식·과격'했던 공대 여자인 나에게 사람들의 마음에 대한 이야기를 들려주었다.

"네가 누군가를 미워하고 마음에 안 들어 하는 건 어쩌면 그 사람이 네가 가지고 싶어 하는 모습을 이미 가지고 있어서일지도 몰라. 사실은 부러운 거지."

"'아마도 저 사람이 저럴 거야'라고 미루어 생각하는 건 네 마음속을 그 사람에게 거울처럼 비춰서 그런 것일 수 있어. 심리학에서는 그런 마음을 '투사'라고 하지."

"불안, 그거 없앨 수 없지. 잘 끌어안고 살 수 있는 나만의 방법을 만들어 나가는 수밖에."

지윤 언니는 나에게 프로이트와 융을 설명해주었다. 그 밖에 신화 속 인물들의 심리와 인간사에 대한 이야기를 들려주었고, 그림으로 표현되는 사람들의 마음을 설명해 주었다. 나는 그녀의 이야기를 열심히 들었다. 언니가 알려주는 이야기를 듣고 있으면 내가 알지 못했던 다른 세계의 문이 활짝 열리는 것 같았다. 내가 인문학과 글쓰기에 관심을 가지게 된 것도 지윤 언니가 알려준 심리학의 세계 덕분이다.

언니가 이직을 준비하던 때, 잠깐 백수 시절이 있었다. 그때 언니는 내가 일하는 회사 근처에 가끔씩 놀러 와 나와 점심을 먹곤 했다. 점심 후에 나는 다시 회사로 복귀하고, 언니는 근처 카페에서 책을 읽으며 내가 퇴근하기를 기다렸다. 그러면 나는 그날 오후는 게으름 피우지 않고 집중해서 일을 처리했다. 누군가가 일하는 나를 기다리고 있으니 내가 좀 괜찮은 사람이 된 것만 같아 오후 내내 기분이 참 좋았다. 그리고 퇴근 후에 날 계속 기다렸을 언니를 보니, 나는 맛있는 저녁 식사를 사 주고 싶었다.

'사람이 이러려고 돈을 버는구나.'

우리는 저녁을 함께 먹으면서 또 수다를 떨곤 했다.

이곳에서 육아와 살림을 하면서 내가 가장 그리워했던 것 중 하나는 지윤 언니와 함께 수다 떠는 시간이었다. 내게도 언젠가는 육아의 부담도 없고 남편 눈치를 살피지 않아도 되는 그런 날이 오겠지. 그러면 지윤 언니를 만나 2박 3일 동안 실컷 수다 떨며 시시껄렁한 농담이나 주고받을까 한다. 맥주를 원 없이 마시면서 말이다.

내 친구들.

그녀들은 그때 그 시절 나의 우주였으며 친구이자 엄마였고, 나의 정신 상태를 나보다 더 잘 파악해주는 정신과 주치의였다. 그 누구도 채워줄 수 없는 나의 허기진 구석을 그녀들은 따뜻하게 채워주곤 했다. 삶의 마디마디에서 어쩜 그렇게도 반짝반짝 빛나는 그녀들을 만날 수 있었는지, 참 고마운 인연이다.

그럼에도 내가 이래도 되는 걸까.

나는 그녀들과의 세계에서 분리되었다. 슬펐다. 그녀들과 멀어져서 슬픈 게 아니라 스스로에게 실망해서 슬픈 것이었다. 친구를 아무리 사랑한다고 해도 내 인생의 모든 것을 그녀들과 나눌 수 없음에, 가끔씩 마음이 저리곤 했다. 나 외에 누군가를 오롯이 사랑하는 것은 늘 당황스러운 일이었다. 나와 우정, 나와 사랑, 나와 가족, 그 선택의 기로에서 나는 항상 '나'를 선택해 왔다. 미안하고 슬픈 일이었지만 나로서도 어쩔 수 없는 일이었다. 나의 최선은 언제나 반복적으로 '거기까지'였다. 나 외에 다른 사람을 나만큼 사랑한다는 것은 매번 새롭고 또 다르게 곤란했다.

결혼 전 살았던 숙명여대 입구는 자취방이 많은 곳이었는데, 내가 살았던 집은 오래된 빌라를 개조한 곳이었다. 자취방은 건물 정문으로 들어가는 것이 아니라 건물 뒤로 돌아가면 방으로 들어가는 계단이 따로 만들어져 있었다. 나는 그 계단에 앉아서 자주 맥주를 마시곤 했다. 계단에는 따뜻한 노란색 가로등 불빛이 비치곤 했는데, 깊은 밤 계단에 그저 앉아만 있어도 뭔가 센티멘털하면서 멜랑콜리해져서 나는 그 계단을 매우 좋아했다. 봄에는 봄바람을 쐬려고, 여름에는 시원해서, 가을에는 그냥이라는 이유를 붙여 계단에 앉아 맥주를 마셨다. 다소 허세인 양 그렇게 노란 가로등 불빛을 혼자 전세 낸 채 맥주를 마시고 나면, 온종일 벌렁벌렁했던 하루가 차분하게 정리되곤 했다.

나는 음악을 듣지도 않고 전화를 하지도 않았다. 누군가가 보고 싶지도 않았고 말을 하고 싶지도 않았다. 그냥 그 시간에는 맥주, 가로등, 선선한 바람 그리고 나, 그렇게만 있어도 마냥 좋았다. 아니 그렇게만 있어서 좋은 것이었다. 나는 그렇게 온 시공간에 오롯이 나만 존재하는 느낌을 점점 더 깊이 있게 좋아하게 되었다. 이 세계에 내 친구들이 잠시 방문할 수 있을지는 몰라도, 나는 그녀들과 영원하고 싶지는 않았다. 나는 내 자취방에 누군가 들러주기를 바랐지만, 또 그들이 나의 방에서 떠나주기도 바랐다.

돌이켜 생각해보니 이 시간은 친구와의 관계에서 너무 가까움으로 인해 서로에게 줄 수 있는 상처와 너무 멀어짐으로 인해 느끼게 되는 외로움의 사이에서 최적의 거리를 찾아가는 시간이었겠구나 싶다. 물론 나는 여전히 어설프지만.

세월의 흐름에 따라 나의 관심사와 우선순위는 자연스럽게 바뀌어왔다. 대학 시절에는 연애와 취업이, 일하면서는 독립과 불교로, 그리고 나이 서른을 넘기면서부터는 글쓰기와 결혼이 하고 싶었다. 그때마다 내가 만나고 반하고 궁금해지는 사람 또한 바뀌어 왔다. 그러면서 알게 되었다. 아무리 친밀했던 사이라 하더라도 집으로 돌아오는 길이 그 사람을 만난 온기로 따뜻해지는 것이 아니라 긴 한숨과 함께 자꾸만 상념에 빠지게 된다면, 더는 '우정'이라는 이름에 매달리지 않아야 한다는 것을 말이다. 착한 친구로 남고 싶어 그 사람을 뱅뱅 맴돌며 떠나지 못하는 내 마음을 돌이켜 다른 방향을 볼 수 있도록, 내가 나를 좀 더 배려해주기로 했다. 그렇게 하는 것이 나와 멀어지고 있는 그 사람에게도, 또 나에게도 좋은 것이다.

'영원한 것은 없다. 지금, 여기의 우리도 그렇다.'

현재 수다 떨고 울고 웃는 우리도 언젠가는 '여기까지야'가 될 수도 있겠지. 그렇게 생각하다 보니 내 앞에 마주 앉아 있는 사람과 함께 하는 이 순간에 조금 더 집중하게 되었다. 우리에게 '다음에 밥 한번 먹자'는 허락되지 않을지도 모르기에 말이다.

나를 키운 9할, 내 친구들.

많이 고맙고, 또 미안한 마음.

그럼에도……

내게 우정은 가끔씩 곤란하다.

아무리 친밀했던 사이라 하더라도
집으로 돌아오는 길에
긴 한숨이 나온다면,
더는 '우정'이라는 이름에
매달리지 않아야 한다.

3

그래도 여자가 여자를 이해한다

브런치, 한가해서 먹는 거 아닙니다

"우리 남편 소원이 뭔 줄 알아?"

독서 모임 멤버 중 한 명이 내게 물었다.

"글쎄…… 로또? 건물주? 아니면 퇴사?"

"아니야. 어제 우리 남편이 그러더라. 자기네 회사 동료들 소원은 'ㅇㅇ맘'이래. 다들 ㅇㅇ맘으로 한 번쯤 살아보고 싶다고 그랬다는데."

ㅇㅇ맘은 '일산맘', '수원맘'처럼 특정 지역에서 아이를 키우는 아줌마들을 일컫는 말이다.

"아이고……. 우리 인생은 좀 편해 보이나?"

"우리는 그분들께서 그토록 소원하는 삶을 살고 있는

건데, 왜 이렇게 기분이 나쁘지?"

"하하. 그러게 말입니다."

아저씨들, 그들은 오늘도 회사라는 한정된 공간에서 버거운 사람들을 상대해야 하는 사회생활 스트레스를 오롯이 견뎌내고 있을 것이다. 그런 그들의 눈에는 그것에서 벗어나 있는 전업주부인 흔히 ○○맘이라고 불리는 여자들의 삶이 상대적으로 가벼워 보이는가 보다. 하지만 사실 이 말에는 '남편이 벌어오는 돈으로 사는 능력 없는 여자들, 낮에 브런치나 먹는 한가한 여자들, 인터넷 맘카페에 댓글이나 다는 여자들'이라는 조롱 섞인 비하가 살포시 섞여 있다는 것을 우리 ○○맘들도 아주 잘 알고 있다.

신혼 초, 서울 사는 친구가 내가 사는 것도 볼 겸 놀러온 적이 있다. 우린 오전 11시 즈음 브런치를 먹으러 동네 식당에 갔는데, 친구는 그 시간에 옹기종기 모여 앉아 있는 아줌마들로 꽉 찬 식당에 눈이 휘둥그레지며 내게 나직이 속삭였다.

"이야……, 여기 뭐야? 이 아줌마들, 다들 일 안 해? 이 동네 아줌마들은 회사 안 다녀?"

친구는 나를 뚫어지게 쳐다보며 다시 말을 이었다.

"이제 너도 이렇게 살면 되는 거야? 우와, 너 진짜 결혼 잘했다. 다들 아주 그냥 팔자가 폈네, 폈어."

"친구야, 처음엔 나도 그런 줄 알았지. 결혼만 하면 애 나 한둘 낳아 슬슬 키우면서 브런치나 먹으며 살 수 있을 줄 알았거든. 그런데 그 맛난 브런치, 그거 아무나 먹을 수 있는 게 아니더라고. 일단 어떻게든 삼삼오오 아줌마 그룹에 속해야만 가능한 일이야. 근데 그게 어디 그렇게 쉬운 일인 줄 알아? 아줌마 그룹에 속하는 거, 그거 내 사십 평생 가장 힘든 일이었어. 정말이지 결혼하는 것보다도 더 힘들었다고. 그리고 너는 회사 동료들이랑 얄팍하지만 동료애, 연대감 그런 거라도 서로 간에 있지 않니? 아무리 싫어도 예의상 점심 식사라도 같이 하잖아. 그런데 이 바닥은 말이지, 아주 사적인 관계야. 비즈니스 관계가 아니니 이건 뭐 서로 예의 차리고 그러지도 않아. 눈치 코치 빠삭해야 하고 어딜 가도 말조심에 낄끼빠빠(낄 때 끼고 빠질 때 빠지고)까지 잘해야 해. 그런데 그거 다 잘해도 뒤에서 이 말 저 말 도는 곳이 또 이 바닥이라고."

지금의 나라면 이렇게 말하며 친구의 'ㅇㅇ맘 팔자타령'을 건조하게 일갈할 수 있겠지만, 당시 나는 친구의 말을 그저 가볍게 웃고 넘겼다. 신혼 시절만 해도 나는 진심으로 친구 말처럼 '전업주부 팔자, 상팔자'이길 바랐다. 밥벌이로 개발 일을 10여 년 넘게 하다 보니 이 일에 슬슬 질려가고 있었고, 쟁쟁한 선후배들과의 경쟁에서 스리슬쩍 밀려나는 건 아닌가 하는 걱정도 자주 들곤 했었다. 그래서 솔직히 남편이 벌어다 주는 돈으로 좀 편하게 살고 싶었다. 하지만 이 생각이 나의 아주 얕은 수였음을 알아차리는 데에는 불과 몇 개월도 걸리지 않았다. 애들 밥 차려주고 집 청소 좀 하는 거, 그게 뭐 일이기나 할까 했었는데……. 그런데 내가 아줌마가 되어 보니 이제 조금 알겠다. 육아와 집안일이라는 게 얼마나 눈에 띄지 않는 잔일 처리가 많은지를. 집에 조미김 하나라도 떨어지는 날에는 이건 다 식료품 관리를 제대로 하지 못한 엄마 탓이 되어버리고 만다.

아줌마들 사이에 "머리 감고 나면 애 데리러 가야 한다"는 말이 있다. 아이가 어린이집을 다니면 어린이집에서 오후 4시까지 보육을 해 주기 때문에 엄마들 숨통이 조금 트인다. 그런데 아이가 유치원을 다니게 되는 5살이 되면, 사설유치원이든 국공립유치원이든 유치원의 하원 시간은 오후 1시에서 2시 사이로 정해지곤 한다. 어린이 집 다닐 때와 비교해보면 꽤나 이른 편이다. 대부분의 아이들은 5세부터는 낮잠을 자지 않아도 하루를 잘 보낼 수 있을 정도로 체력이 좋아진다. 그래서인지 보육 기관에서도 아이들에게 낮잠을 재우지 않고 하원 시간을 정하는 듯하다. 그러다 보니 따로 유치원 방과 후 수업을 신청하지 않으면 아이의 하원이 꽤나 이르게 된다.

나는 가끔씩 아이 친구 엄마들과 오전 브런치 모임을 가지곤 하는데 그녀들과 수다를 떨다 보면 어느새 오후 1시다. 그러면 아니나 다를까 모임에 참석한 몇몇 엄마들의 핸드폰에서 알람이 울린다. 자신의 핸드폰 알람임을 알아차린 엄마는 "나 먼저 갈게. 우리 애 올 시간이 다 됐네" 하며 먹던 빵을 내려놓는다. 그렇게 몇 명의 엄마들은 차려놓은 음식을 다 먹지도 못한 채 자리를 뜬다. 이것이 전업주부라 불리고 '브런치나 먹는 한가한 아줌마'라고 여겨지는 우리네 일상의 한 단면이다.

그럼에도 아줌마들이 한가해 보이는 가장 큰 이유는 '나'를 위해 오롯이 몰입하는 시간을 사는 것이 아니라, 가족들을 위해 시간을 조각내어 살고 있기 때문일 것이다. 아이가 놀이터에서 노는 동안 아이를 바라보며 기다리는 시간, 반찬거리 사느라 장 보는 시간, 유치원 준비물 챙기는 시간, 아이 학원 수업 동안 대기실에서 기다리는 시간, 절기마다 감기로 열나는 아이에게 해열제를 먹이느라 알람 맞춰놓고 자는 시간……. 엄마라는 존재의 시간은 늘 이렇게 조각난다. 그래서인지 끊임없이 무언가를 하고 아무리 바쁘게 움직여도 '나 이거 완성했다'라고 할 만한 결과물도 없고, 이상하게 한가하게만 보이는 것 같다. 이렇듯 엄마들은 애들 챙기고 가족 챙기느라 일상적으로 무거운 피로감에 시달리곤 하는데 어쩐지 이건 응당 그래야만 하는, 너무나도 당연한 일로만 여겨진다.

초등학교 다니던 시절, 나는 엄마를 따라 자주 재래시장에 가곤 했었다. 엄마와 단둘이서 보내는 오붓한 시간이 좋았고, 장을 다 보고 난 후 엄마가 사 주시던 시장 음식을 먹는 것도 좋았다. 칼국수를 좋아했던 나에게 엄마는 으레 칼국수를 사 주셨다. 그렇게 시장의 기다란 나무 의자에 앉아서 국수를 먹고 있으면, 어느덧 비닐봉지를 두 손 가득 든 아줌마들이 하나둘 내 옆자리에 앉아서 국수를 드시곤 했다. 그러면 나는 엉덩이를 엄마 쪽으로 붙여서 자리를 좀 내어드렸다. 그 아줌마들에게는 바다 냄새와 기름 냄새가 섞인 향이 훅 하고 나다가 이내 사라지곤 했다. 대부분 혼자였던 아줌마들은 말 한마디 없이 약간 멍한 채로 국수를 후루룩후루룩 삼켰다. 식사를 끝낸 아줌마들은 잠깐 벽 한 번 쳐다보고 물 한 잔을 드신 후 국수값을 치르셨다. 국숫집 주인과 주고받는 짧은 눈인사를 마치면 다시 두 손 가득 짐을 들고 자리에서 일어선다. 나는 들키지 않게 그녀들을 쳐다보다가 이내 다시 국수를 먹었다. 어린 마음에 '아줌마들은 왜 이렇게 혼자서 밥을 먹지? 같이 시장에 올 친구가 없나' 하는 생각을 하곤 했었다. 그때 엄마가 내게 말을 걸었다.

"엄마는 저 아랫집보다 여기 멸치 국물이 더 맛나더라. 니도 국물 좀 마셔 봐."

어, 엄마…… 엄마는 이 집에 와 본 적 있는 거야? 엄마도 저 아줌마들처럼 혼자였어? 당시 나는 엄마에게 이 질문을 할까 말까 하다 하질 않았다. 엄마도 분명 혼자였을 게다. 엄마도 저 아줌마들처럼 검은 봉지 여러 개를 두 손 가득 들고 잠깐이나마 조용히 허무했을까. 그 허무함과 섞인 허기를 시장의 칼국수 한 그릇이 따스하게 채워줬을까. 아마도 따스함을 여유롭게 음미할 시간마저도 엄마에겐 없었을 것이다. 잠깐의 요기 후 엄마는 또 오후 내도록 해야 할 일을 생각하며 빠른 걸음으로 집으로 향했을 테니까.

'반찬 투정하는 우리 막내 달달한 어묵볶음을 해 줘야지. 매일 저녁 다른 국을 찾는 남편에게 오늘은 또 뭘 해준다? 아 참, 아침에 널어놓은 빨래도 어서 가서 개야 하는데. 우리 큰 딸 교복도 다림질해 둬야 하고…….'

"야야…… 좀 빨리 온나. 어서 가자."

시장에서 집으로 돌아가는 길이면 엄마는 항상 나를 재촉하곤 했다. 엄마의 발걸음은 늘 나보다 두어 발자국 앞서 있었다. 그런 엄마의 종종걸음에 우리 가족 모두가 무심했던 우리 집 일상의 조용한 흐름이 달려 있었던 거였다.

나는 가끔 밥을 먹으며 엄마를 떠올려본다. 지금 내 나이, 마흔 두 살 엄마의 점심 식사는 어땠을까. 무엇을 드셨을까. 매일 아침 남편과 세 아이의 아침 식사 그리고 도시락을 다섯 개씩 싸고 나면 아침나절 기운이 쭉 빠지곤 하셨을 텐데. 엄마는 자주 국 하나만 있으면 된다고 하셨다. 달랑 국 하나에 휘휘 드셨을 엄마의 점심 식사, 어떤 맛이었을까. 쓸쓸하고 적적하기보다는 슴슴하고 달큼한 조용한 만찬이었기를, 나는 이제야 바라 본다.

나도 평일 점심은 거의 혼자 먹는다. TV를 보며 헤실헤실 웃으면서 먹기도 하고, 라면은 그냥 가스레인지 앞에 선 채 끓이면서 동시에 먹기도 한다. 나만 그런 게 아니라 매일 식구들 밥 차려주는 게 본업인지라, 혼자 있을 때는 밥을 제대로 안 챙겨 먹는 엄마들을 주변에서 꽤나 많이 보아 왔다. 엄마라는 존재에게 점심밥은 그저 '연명식'인 걸까. 그런데 거 참 미스터리하네. 이렇게 대충 먹는데 왜 살은 자꾸만 찌는 걸까.

선영 씨는 현민이 네 살 때 가을 즈음에 조금씩 알게 된 어린이집 같은 반 엄마다. 당시 나는 어린이집 공식·비공식 은따였고, 자존감, 체력, 멘털, 사회성, 육아 능력, 남편과의 친밀도 등등이 모두 바닥인 상태였다. 나는 머리도 자주 감지 않고 매일 우중충한 무채색의 똑같은 옷을 입으며 백 미터 거리에서 봐도 먹물색의 오라를 풍기며 '건드리지 마시오'라는 비언어적 메시지를 온 동네에 풍기고 다니고 있었다. 그런 나에게 너무나도 해맑은 얼굴로 웃으며 "어머, 현민이 엄마. 안녕하세요"라고 인사를 하는 엄마가 있었으니, 그녀가 바로 선영 씨다.

나는 그녀를 보며 생각했다.

'저 엄마는 육아가 할 만한가 보네……'

하지만 알고 보니 선영 씨는 아들만 셋을 키우고 있었다. 어? 아들을 세 명이나 키우는데 저렇게 밝고 경쾌할 수 있는 거야? 도대체 선영 씨의 저 맑고 고운 표정은 어디서 나오는 거지? 나는 그녀가 궁금했다. 그녀가 풍기는 그 밝은 에너지를 조금이라도 가까이에서 느끼고 싶었다. 그래서 당시 준비하고 있던 초등학교 방과 후 강사 일을 핑계 대며 최근에 초등학생들을 만나본 적이 없으니 선영 씨의 첫째 아들과 또래 친구들에게 예비 수업으로 보드게임을 좀 할 수 있게 해 달라고 그녀에게 부탁했다. 그랬더니 그녀는 또 선뜻 아들과 아들의 친구 몇몇을 모아 주었다.

선영 씨네 집에 가자 그녀는 나와 아이들에게 과일과

과자 등을 내어주었다. 그리고 본인이 가지고 있는 보드게임 여러 개를 보여주며, 아이들이 이러이러한 게임을 재밌어한다며 자세히 설명해 주었다. 역시 그녀는 첫인상만큼이나 친절한 사람이었다. 나는 그런 선영 씨와 슬금슬금 친해지고 싶었다.

어느 날 아침, 아이를 어린이집에 보내고 선영 씨에게 커피 한잔하자고 카톡을 보냈다. 그러자 그녀는 자신의 집으로 오라고 했다. 둘이서 차를 마시며 한참 동안 수다를 떨다가 정오 즈음이 되자 선영 씨는 된장국을 끓이기 시작했다.

"좀 싱거울 텐데. 어떠세요?"

"아, 저도 이런 야채 많이 들어간 된장국 좋아해요. 엄청 맛있어요!"

나는 선영 씨가 끓여준 된장국에 밥 한 그릇을 뚝딱 먹었다. 된장국은 그녀를 닮아서 싱거웠고 양파, 당근, 감자, 파 등의 야채에서 우려진 달큼한 단맛이 났다. 나는 국 한 번 떠먹고 선영 씨 한 번 쳐다보고, 밥 한 숟가락 떠먹고 선영 씨를 한 번 더 쳐다보았다. 신기하게도 선영 씨가 해준 음식은 선영 씨를 그대로 닮아 있었다. 싱겁지만 달큼하게 우려진 단맛이 꼭 선영 씨의 생색내려 하지 않는 따뜻하고 맑은 성정이 그대로 담겨 있는 것만 같았다.

나는 엄마가 아닌 다른 누군가가 나에게 차려주는 밥을 먹은 게 너무 오랜만이어서인지, 아니면 너무 따뜻하고 맛있어서였는지 몰라도 밥 먹다가 울컥하고 눈물이 나올 뻔했다. 그런데 울면 또 웃길 거 같아 괜히 헛기침을 하고 물을 마셔가면서 선영 씨가 차려준 밥 한 그릇을 다 먹었다. 그렇게 밥을 다 먹고 나니 따뜻한 온기가 온몸으로 퍼져 나갔고, 나는 이내 선영 씨가 너무 좋아졌다.

음식 솜씨가 없는 나는 답례로 요리 대신 그녀에게 밥을 사 주었고, 그렇게 우리는 가끔씩 브런치를 먹는 사이가 되었다. 그리고 1년의 시간이 흘러 선영 씨의 막내는 하원 시간이 오후 1시 30분인 병설유치원을 다니게 되어 우리가 브런치를 먹고 있노라면 역시나 그녀의 핸드폰에서 알람이 울리곤 했다. 아, 벌써 오후 1시구나. 그러면 우리는 다음을 기약하며 식사 자리를 급하게 정리해야 했다. 그리고 선영 씨는 막내를 데리러 유치원 앞까지 뛰어가곤 했다. 나는 하나로 묶은 머리카락을 총총 흔들며 뛰어가는 그녀의 뒷모습을 물끄러미 바라보았다. 선영 씨의 오후는 그렇게 아들 셋과 함께 정신없이 흘러갈 것이다.

밥을 같이 먹으면 정든다. 그리고 밥을 같이 먹은 정, 그거 무시 못 한다. 사람들은 흔히 '밥심' 혹은 '밥정'이라고 한다. 밥에는 사람의 마음이 들어 있어서인가 보다. 좋은 사람과 같이 밥 먹는 것만큼 일상적이고 행복한 게 또 뭐가 있을까. 사실 이러려고 그렇게 힘들게 회사도 다니고 돈도 버는 게 아닐까. 남자가 사랑에 빠지면 상대에게 고기를 사 주고, 쳐다보고 또 고기를 사 주고, 장난치고 다시 고기를 사 주고, 안아주고 계속 고기를 사 준다고 한다. 뭘 자꾸 같이 먹어야 친해지는 것, 남자들이 언뜻 어수룩해 보이지만 그들은 본능적으로 관계 맺기의 비밀병기를 잘 알고 있는 것 같다. 그러니까 우리 아줌마들도 항상 혼자 대충 먹는 '연명식' 말고 가끔은 누군가와 함께 먹는 남이 차려준 영양 가득한 브런치도 마음껏 먹자. 사람 만나서 마음 나누고 밥정도 좀 들게.

나는 브런치를 이렇게 정의한다.

'아줌마들의 작은 사회생활의 시작이자 끝'이라고.

완전한 타인을 향한
대책 없는 애정 교환소

'우와, 정말 이렇게까지……. 이 사람들 의리 있네, 의리
있어.' 나는 탤런트 김보성이 수십 년간 외쳐온 '의리'를,
우리 동네 인터넷 맘카페에 올라온 사연에 정성스럽게
댓글을 달아주는 같은 동네 주민분들이자 네티즌인 그녀
들에게 자주 느끼곤 했다.

지금이라도 남편과 이혼해야 할까요?

이런 시댁 식구들을 어떻게 해야 할까요?

반에서 제 아이를 은따시키는 애가 있어요. 어떻게 해야 할
까요?

이런 사연들이 하루에도 여러 번 올라오고, 또 거기에 댓글이 달리는 곳이 맘카페다. 사안의 심각도와 작성자의 심리적 위험, 작성자가 댓글에 거의 채팅하듯이 실시간으로 반응해 주는 정도 등에 따라 다차원적인 해결책이 제시되는 곳 또한 댓글이다.

맘카페에서 주로 육아용품을 거래하거나 동네 병원과 학원 정보 등을 구했던 나로서는, 일면식도 없는 사람들끼리 작성자의 사연에 진하게 공감하며 서로 위로의 댓글을 주고받는 것이 처음에는 무척이나 낯설고 의아했다. 나는 사연을 읽으며 '오죽 갑갑하면 여기다 이렇게 글을 올렸을까. 어디다가 마음 터놓을 데가 없는 사람인가 보다'라는 생각을 했다. 그런데 몇 년째 맘카페에 올라온 사연을 읽으면 읽을수록 이건 어쩌면 마음 터놓을 친구가 있고 없고의 문제가 아닐 수도 있다는 생각이 들었다.

한번은 이런 경험을 한 적이 있다. 현민이가 여섯 살이던 시절, 유아 ○○학원 샘플 수업을 신청했는데 아이가 수업을 받는 동안 나는 학원 대기실에 앉아 있었다. 그러다 어느새 옆자리에 앉아 있던 한 엄마와 말을 섞게 되었다. 아이가 몇 살이냐, 언제부터 이 학원에 다녔느냐, 한글

학습지는 뭐가 좋고 영어는 언제부터 하면 되겠느냐 등의 사교육 이야기에서부터 애가 외동이냐, 우리 애도 외동이다. 애가 혼자라서 외로워하지는 않느냐, 우리 지금이라도 둘째를 낳아야 하는 게 아니냐 등의 이야기도 하게 되었다. 그렇게 이야기를 이어나가고 있는데 상대 엄마가 잠시 머뭇거렸다. 그러더니 사실 자신은 둘째를 낳을 뻔했었다며, 자신의 유산 이야기를 하는 게 아닌가.

그녀는 임신 테스트기 두 줄을 확인하고 산부인과에 갔단다. 의사는 뭔가 미리 알고 있었던 것인지, 임신이 확인되면 으레 "축하드려요, 임신입니다" 하면서 산모에게 건네는 산모수첩을 자신에게는 주지 않더란다. 어느덧 2주의 시간이 지나 그녀는 다시 병원에 갔고, 진찰 도중 아직은 세포 단계였던 존재가 스스로 도태되었다는 것을 알게 되었다. 그녀는 의사가 권유한 대로 자궁 내부를 긁어내는 수술을 했다고 한다. 수술 이후 몇 주 동안 안정을 취하고 있었는데, 어느 날 갑자기 입덧이 시작되더란다. 이게 어찌 된 일인지 영문을 몰라 다시 병원을 찾아갔고, 수술이란 게 의사의 감으로 하는 것이기에 이런 경우가 가끔씩 발생하기도 한다는 병원 측의 어설픈 설명과 위로를 들은 후 어쩔 수 없이 한 번 더 그 수술을 받게 되었다는 게 아닌가. 그녀는 두 번의 수술로 그 존재를 보내주었고, 자신은 이제 무서워서 임신을 못 하겠다고 했다.

이런 사연을 말하며 그녀는 차분하게 울었다. 그 차분한 모습에서 아픔을 버텨온 시간의 흔적이 느껴졌다. 하지만 어떤 아픔은 이렇게 예상치도 못한 시공간에 훅 올라오기도 하는가 보다. 나는 그녀의 이야기를 그저 들어주는 것 외엔 딱히 해줄 수 있는 게 없었다. 그렇게 둘이서 대기실 한쪽에서 조용히 울고 있는데, 수업이 끝난 아이들이 우리에게 달려왔다. 우리는 각자의 아이를 데리고 집으로 향했고 이후 그녀와 나는 다시 만나지 못했다. 아이가 학원 샘플 수업에 흥미를 느끼지 못했기 때문이다.

나를 모르는 존재에게 허술하게 터져 버리는 내 이야기. 어쩌면 우리는 속 시원히 말해 버리고 싶은 것인지도 모르겠다. 마음속에 저장해둔, 너무 아파서 꺼내기조차 두려워지는 이야기를 나를 잘 모르고 또 앞으로도 모를 어떤 완벽한 타인에게 말이다.

드라마나 영화에서 자주 보게 되는 장면 중에 술집 바에서 혼자 술을 마신 주인공이 술이 어느 정도 오르면 취기를 용기 삼아 옆자리에 앉은 사람에게 주절주절 '오늘 애인과 헤어졌어요', '오늘 회사에서 잘렸어요' 등의 이야기하는 걸 본 적이 있을 것이다. 이런 행동은 누구나 한 번쯤은 영화 속 주인공처럼 해 보고 싶은 용감한 일탈이겠지만, 현실 세계의 우리가 가볍게 시도해 볼 수 있는 행동일까. 음주 경력 어언 20년의 나지만, 혼자서 어느 멋진 바에 앉아 위스키 온 더 락 한 잔을 혹은 선술집에서 따뜻한 정종 한 잔을 마셔본 적이 없다. 혼자서는 끽해야 인적이 매우 드문 시간대에 동네 편의점 의자에 앉아 급하게 벌컥벌컥 마시는 맥주 한 캔이 내 취기와 허세의 극댓값이었다.

이런 우리가 현실 세계에서 자신의 내밀한 이야기를 완벽한 타자에게 허술하게 터놓기에 가장 적합한 장소는 어디일까. 요즘 세상엔 인터넷이지 않을까. 그것도 나와 같은 도시에 살고 있으며 비슷한 삶의 경험치를 가진 사람들이 회원으로 모여 있는 지역 '맘카페' 같은 곳이라면, 그야말로 내 이야기를 공감하며 읽어줄 다수의 사람들이 스탠바이하고 있는 최적의 장소일 것이다. 그들에게 나의 내밀한 이야기를 꺼내어 들려준다 하더라도 그들은 나의 치부를 안다는 것을 무기 삼지 못할 테니 말이다. 현실 세계에서의 우리는 작성자도 댓글러도 누가 누구인지를 전혀 '모르는 사이'인 것이다.

나는 맘카페에 게시된 장문의 사연을 읽으며 자주 생각한다.

'아니 잠깐만. 내가 모르는 사람의 역사를 이토록 구체적으로 알아도 되는 걸까.'

그러다가도 작성자의 사연을 다 읽고 나서는 무어라 댓글이 쓰고 싶어진다. 하지만 댓글이란 게 쓸 때마다 막막하다. 분명 여기까지 생각이 차오르는데 글로 표현이 잘 안 된다. 그럴 때마다 고민 끝에 떠오르는 말이라곤 '힘내세요'가 다라니. 위로와 공감의 글을 다섯 줄 이상 작성하는 사람들을 진심으로 대단하다고 생각한다. 나는 '힘내세요'는 왠지 쓰나 마나 한 것 같아서 '슬퍼요' 혹은 '화나요'라는 이모티콘을 클릭하며 그 글에 대한 공감을 다소 미약하게 끝내곤 한다. 하지만 냉정하게 말해 내겐 작성자의 글을 읽지 않을 자유가 있고, 댓글 또한 작성하지 않아도 된다. 그럼에도 내가 좋아서 그 사연을 읽은 이상, 마음이 동한다. 이미 작성자에게 내적 친밀감을 느끼며 작성자를 위해서 뭐라도 하고 싶어지는 것이다.

하지만 작성자는 글을 읽고 있는 나의 유용함을 묻지 않는다. 누구라도 좋으니 본인의 사연을 읽어주고 공감해 주길 바라는 마음일 것이다. 댓글을 써주면 좋겠지만, 또 그렇다고 서로에게 비즈니스처럼 '주고받고'를 요구할 수 있는 사이도 아니다. '내가 이렇게 정성스럽게 댓글을 작성하였으니 너도 다음에 내 글에 댓글을 써 달라'는 식의 적립식 애정을 요구할 수도 없다. 사연을 읽는 것도 내 마음, 댓글을 다는 것도 내 마음이다. 이렇듯 일면식도 없는 존재들끼리 서로 본인이 스스로 '하고 싶어서' 하는 위로와 공감이 랜선을 타고 전달된다.

어쩌면 진짜 위로는 이렇듯 나를 모르는 사람이 해줄 수 있는 게 아닐까. '네가 과거에 이러이러하게 살아왔으니 지금 이런 일을 겪는 것이고, 앞으로는 이러이러한 점을 조심하고 고치도록 해'라는 과거사 진상규명 같은 딱딱한 분석인지 비난인지 위로인지 헷갈리는 그런 위로가 아닌, 나를 모르는 사람이 훅 하고 불어주는 날것의 온기를 그대로 품고 있는 위로. 그 위로가 가진 특유의 따뜻함이 있다. 나는 이 순간이 차 떼고 포 뗀 날것의 인간이 또 다른 날것의 인간을 만나는 순간이라 생각한다.

모르는 사람들에게 일부러라도 허술하게 내 이야기를 하는 마음들. '완전한 타인들끼리 내어주는 대책 없는 애정 교환', 나는 이것이 지역 맘카페가 엄마들에게 인기 있는 이유라 생각한다.

비록 온라인상에서 주고받는 공감과 애정이 일회성이라 할지라도. 나는 그래서 그것이 더 의미 있게 느껴진다. 작성자와 댓글러, 우리 관계에 기약 없는 '다음'은 없다. '지금, 여기'에 작성된 글과 댓글만 있을 뿐이다. 아이러니하게도 사이버 공간에서 행해지는 현실 집중 타임인 셈이다. 나는 맘카페에서 이렇게라도 사람들과 애정을 주고받고 나면 어쩐지 마음이 개운해진다. 오늘 할당된 착한 일을 다 한 것처럼 말이다. 그래서인지 자주 맘카페 인기 글을 읽곤 한다. 그러면서 매번 고민한다. 이런 글에는 무어라 댓글을 달아야 할까.

구찌와 아줌마라는 한정사

놀이터에 나가 아이를 돌보다 보면 루이비통이나 구찌 가방을 메고 나온 엄마들을 흔하게 만날 수 있다.

'어머, 놀이터에 웬 명품 가방? 아이랑 실랑이하다가 스크래치라도 나면 어쩌려고.'

어떤 엄마가 놀이터에 들고 나온 명품 가방을 부러움의 눈빛으로 넋 놓고 쳐다보다가 그 엄마에게 딱 들키는 순간 나는 '지는' 거다. 나는 가방에 눈이 가더라도 자꾸 쳐다보지 말자고 스스로를 단속하며 생각했다.

'어머나, 저 엄마, 지난번에 들었던 거랑 다른 가방이네. 연말 보너스 받았다더니. 이야…… 이번에 또 하나 장

만했나 보네.'

　사실 놀이터뿐만 아니라 마트에서도, 아이 하원을 기다리는 유치원 앞에서도, 길을 걸어가면서도 흔하게 볼 수 있는 게 명품 가방이다. 명품이 가지고 있는 희소가치는 이미 희미해진 지 오래고, 몇몇 브랜드는 대한민국 여성들에게 매우 대중적인 상품이 되어 버렸다.

　어느 날 내게 "여자들에게 명품 가방은 무슨 의미냐?"며 명품 가방과는 전혀 관계가 없을 것 같은 칠순의 할아버지인 아버지께서 물으셨다. 나와 동생의 연이은 결혼 준비를 한 발짝 떨어져 지켜보시면서 궁금해지셨다는 것이다. 도대체 명품 가방이 여자들에게 무엇이기에 이다지도 많은 말들이 가방과 함께 오고 가는지 말이다.

　명품을 구매하는 심리에 대한 해석은 다차원적이다. 고생한 나에게 주는 선물이라고 하는 사람도 있고 사치라고 여기는 사람도 있다. 또 자기만족이라는 사람도 있고 과시욕이라는 사람도 있다. 전통적으로 아직까지도 남존여비의 유교 사상이 생활 저변에 깔려 있는, 그래서 상대적으로 여성의 자존감이 낮은 중국, 한국, 일본 등의 동아시아 여성들이 심리적 허전함을 채우고자 명품을 자주 구매한다는 해석이 있다. 반면 유럽 여성이 자존감이 높아서 명품을 구매하지 않는 것이 아니라 해당 나라의 세금이 워낙 높아서 명품에 대한 구매력이 떨어지기 때문에 사고 싶어도 못 산다는 해석 또한 있다.

이런 다양한 해석 가운데 가장 설득력을 가지는 말은 '명품은 뭘 사도 중박'이라는 해석이다. 사실 패션이 어디 그리 쉬운 세계인가. 뭐 하나만 잘못 걸쳐도 이상하게 어울리지 않아 보이는 게 패션이다. 그런데 명품 가방은 흰 티셔츠에 청바지만 입고 들어도 워낙 브랜드 파워가 막강하기 때문에 중간 이상은 입은 것처럼 보이게 만든다는 것이다.

드라마 〈검색어를 입력하세요 www〉에는 신입 사원이 유명 웹툰 작가와의 전속 계약을 성사시키려는 장면이 나온다. 웹툰 작가는 신입 사원의 입성을 한번 훑어보곤, "저따위 옷과 가방을 메는 애랑은 일 못하겠다"고 말하며 사람을 면전에 대놓고 무시한다. 그리고 계약도 하지 않은 채 신경질을 내며 미팅 자리를 뜨고 만다. 그렇게 작가가 자리를 뜨자 드라마 주인공인 팀장 배타미는 "가진 게 많을 땐 감춰야 하고, 가진 게 없을 땐 과장해야 하거든요"라며 신입 사원의 에코백과 자신의 명품 가방을 그 자리에서 바꿔준다.

그렇다. 명품 가방은 이런 거다. 가진 게 없는 자, 타인에게 무시당하지 않게 해주는 절대 방패와도 같은 힘을 지니고 있다. 물론 나도 주인공 배타미의 말처럼 이런 세상을 만드는 데 동조하는 것 같아서 미안한 맘이 들긴 하지만, 저 멀리서도 번쩍번쩍 거리는 금장 로고 LV, GC, YSL 등이 눈에 띄면 갑자기 그 가방이 '고급져' 보이는 건 어쩔 수 없다. 그리고 그 '고급지다'는 브랜드 가치를 지속적으로 대중들에게 어필하고자 수많은 디자이너와 패션 관계자들이 밤낮없이 고군분투하는 것 또한 인정해야 할 일이다. 명품 로고가 붙어있는 가방의 원가는 20만 원도 채 안 될지 모르겠으나, 사람들은 이미 가죽 가방을 사는 것이 아니라 '고급지다'는 해당 브랜드의 가치를 구매하는 것이기에 몇백만 원에 가까운 돈을 선뜻 혹은 손을 덜덜 떨면서라도 지불하게 되는 것은 아닐까.

그런데 문득 궁금했다. 내가 회사에 다닐 때는 회사에서 누구누구 선후배가 명품 가방을 들고 다니든 말든, 출퇴근 버스에서 너무 흔해서 '3초 백'이라고 불리던 그 가방이 몇 개가 보이든 크게 신경 쓰지 않았다. 그런데 왜 놀이터나 마트에서 명품 가방을 든 아줌마들에게는 '음?' 하면서 의문을 품었을까. 장소 때문이었을까? 아니면 가방을 든 주체가 '아줌마'여서였을까? 사실 출퇴근 버스나 마트나 놀이터나 명품 가방을 멘 사람들을 보게 되는 빈도수는 비슷한데 말이다.

나에겐 20대 중반부터 지금까지 꽤 잘 지내오는 친구들이 있다. 그녀들과 가끔씩 카톡으로 서로의 안부를 묻곤 하는데, 그날도 이런저런 대화가 오고 갔다. 그러던 중 한 친구가 내게 말했다.

난 언니의 그 아줌마라는 한정사가 너무 슬퍼.

'아. 아줌마라는 한정사……'

나는 카톡 대화를 잠시 멈추고 생각했다.

'내가…… 그랬니……?'

그리고 친구들과 나눈 카톡 내용을 다시 한번 훑어보았다. 대화에서 꽤나 자주 보이는 말들이 보였다.

에이, 아줌마가 무슨.

아줌만데 뭘.

그래 봐야 아줌마지.

정말 '아줌마'라는 단어를 많이도 사용했다. 사실 결혼 이후 나는 아줌마가 되고 싶었다. 더 정확하게는 '되어야 한다'고 생각했다. 상대적으로 늦은 결혼 덕에 오랜 세월 홀로 지내온 세월 탓인지, 무척이나 낯설었던 이 도시 탓인지, 내 성격 탓인지 나는 이상하게 '결혼한 아줌마'로 살아야 하는 일상이 눈 뜨면 생경했다. 육아와 살림만 한 지만 6년의 세월이 넘어가는 이 시점에도 가끔씩 애가 "엄마" 하고 부르면 문득 아이를 물끄러미 쳐다보며 '아, 맞다. 내가 네 엄마지'라는 생각이 들 정도로 정신이 아득해질 때가 있다. 그럴 때마다 고개를 흔들어 정신을 차리곤 '어머 내가 왜 이래. 미쳤나' 하면서 아이를 끌어안았다.

나는 아이가 어린이집에 가고 집에 아무도 없으면 종종 멍해지곤 했다. 그리고 갑갑했다. '아, 나 왜 이러지' 하면서 명치 쪽을 쿵쿵 쳐보기도 했다. 어딘지는 모르겠지만 어딘가로 떠나고 싶어질 때면 다음 행선지가 정해진

여행자가 그렇게도 부러웠다.

'그들은 배낭 하나 덜렁 메고 여기를 떠나겠구나. 나도 여기만 아니면 되는데. 이 집만 아니면 되는데……'

나는 마음을 다잡아야 했다. 내가 살아야 하는 곳은 이곳이다. 나는 스스로에게 현실을 더 강하게 각인시켜야만 했다. 다른 생각 하지 마. 난 여기서 버텨야 해. 그렇게 나는 아줌마 옷을 사고, 에코백을 사고, 최저가 운동화를 샀다.

'무조건 아줌마처럼 보여야 해.'

무채색 홈쇼핑 3종 세트. 막 세탁해서 입어도 좋은 옷들. 그렇게 아줌마 옷을 입고 머리 질끈 묶고 운동화를 신으면 난 아무 데도 갈 수 없을 것이다. 무채색 옷으로 몸을 제한하니 마음도 무채색으로 제한되곤 했다.

'동네 외엔 돌아다니지 말자. 그래, 내가 어디를 가겠어.'

그렇게 내 마음도 이 동네 외엔 갈 수 없도록 단속했다. 처음엔 날아가는 내 마음을 붙잡으려고 아줌마, 아줌마 한 것인데, 이젠 너무 익숙해져서 툭 하면 '아줌마'라는 단어가 튀어나왔다.

그런데 어느 날, 놀이터에서 샤방샤방한 원피스에 구찌

가방을 멘 생기발랄한 아줌마를 보자 마음이 꼬였다.

'쟨 뭐야, 남편이 힘들게 벌어온 돈으로 저래도 되는 거야? 아끼면서 알뜰살뜰 사는 게 돈 버는 사람에 대한 예의 아니야?'

나를 가두는 딱 그만큼 남도 가둔다. 나는 이렇게 아줌마가 되려고 애써 아줌마스러움을 선택하며 내 삶을 아줌마라는 한정사에 꾹꾹 눌러 넣으며 살고 있는데……! 나와 다르게 멋져 보이는 아줌마들에게 '넌 왜 나와 다르냐'며 의문을 품었다. 나처럼 착하고 어딘가 세상 물정 모르는 아줌마스러운 아줌마가 되기를 그녀들에게도 강요했다.

학창 시절 청소 시간, 나는 청소를 꽤나 열심히 하는 학생이었다. 해야 할 일이기도 했고 또 선생님이 예뻐하시기도 하니 그랬다. 그런데 청소 안 하고 뒤에서 노는 애들이 그렇게 미울 수가 없었다. 마음속으로 그 애들을 미워하면서 열심히 청소했다. 그런데 어느 날부터인가 나도 그냥 하지 않았다. 화장실에 숨어서 놀기도 하고 일부러 쓰레기 소각장에 쓰레기 비우러 간다고 하면서 슬렁슬렁 학교를 돌아다니기도 했다. 그렇게 하기 싫은 거 안 하니까 뒤에서 노는 그 애들이 더 이상 밉질 않았다. 오히려 그 애들이랑 같이 놀고 싶어졌다. 지금 내 마음이 딱 그 청소하기 싫었던 마음임을 인정해야 하는 순간이었다.

'그래. 내가 정말 아줌마스럽게 사는 게 별로인가 보네. 별걸 다 미워하고 말이야.'

지금 와서 생각해보면 왜 그렇게까지 내가 스스로를 '넌 이제 아줌마야!'라며 몰아붙였나 싶은데, 그땐 또 그렇게라도 해야 어리둥절한 이 현실을 받아들일 수 있었을 테니 그랬을 것이다.

학창 시절, 양심엔 좀 걸렸지만 청소 시간에 땡땡이치면서 내 마음은 가벼워졌듯이 이제는 스스로를 '아줌마'로 한정하는 것에 땡땡이를 좀 쳐 볼까 한다. '나는 아줌마지만, 책도 읽고 독서 모임도 나가고 원피스도 입고 플랫 슈즈도 신는다'에서 이젠 '책은 내가 어릴 때부터 좋아서 읽어온 거고, 독서 모임도 사람들 만나서 떠드는 게 좋아서 나가는 거고, 원피스는 이쁘고 시원해서 입는 거다. 플랫 슈즈는 이쁘지만 발 아파서 그냥 운동화 신을 거다'라고 말이다.

가방 또한 그러하다. 아줌마들이 '가진 게 없기에 과장

하기 위해서', '자존감이 낮아서', '마음의 벌크 업을 하고자' 명품 가방을 선호하는 경향이 짙다는 복잡다단한 해석 말고, 아가씨도 아줌마도 아닌 그녀들이 이유야 어찌 되었든 그냥 그것이 좋아서 구매한 걸로 받아들여 보는 건 어떨까. 분석하고 따지고 궁금해하는 마음, 그 안에는 왜 그런 현상이 일어나는지에 대한 순수한 지적 호기심도 있겠지만 사실은 좀 부러워서 그럴 수도 있는 거니까 말이다.

사람 마음이란 게 복잡한 듯 또 간단해서인지, 내가 나를 아줌마로 밀어붙이기를 멈추자 샤방샤방한 원피스에 구찌 가방를 든 그녀가 이제 그냥 예뻐 보였다. 이렇듯 다른 사람의 어떤 면을 보았을 때 왠지 내 마음이 꼬여버린다면, '나 요즘 많이 힘들었구나' 하며 먼저 내 마음을 좀 쉬게 해 주는 것도 좋겠다. 마음이라도 훨훨 좀 날아가게.

아줌마들이 홈쇼핑을 보는 이유

외로워서

어느 가을, 햇볕은 따뜻하고 바람은 다소 차가운 날이었다. 나는 현우 엄마와 아파트 벤치에 앉아 이런저런 이야기를 나누고 있었다. 현우 엄마가 내게 물었다.

"현민이 엄마, 집에서 뭔가 막 외롭기도 하고 마음이 쓸쓸하달까, 좀 갑갑하달까. 그런데 누구 하나 연락할 사람은 없고 그럴 땐 자기는 뭐해?"

"글쎄, 그럴 때 난 그냥 유튜브 보거나 괜히 뒷산도 가고, 마트도 가고 그러지. 현우 엄마는?"

"응……. 난 홈쇼핑 봐."

"아, 쇼핑하게?"

"아니, 쇼핑은 무슨. 살 것도 없는데. 홈쇼핑, 그거 생방송이잖아. 세상이랑 내가 연결되어 있는 느낌이 들더라고. 거기 봐봐, 생방송으로 시청자들이 보내준 카톡도 읽어주고 그래. 그리고 실시간으로 몇 명이 구매하는지 알려주기도 하고. 계속 보다 보면 내가 세상에 속해 있는 거 같아서 좋더라고."

"어? 아……."

나는 거실 소파에 홀로 우두커니 앉아 홈쇼핑을 보고 있을 현우 엄마의 모습이 상상되었다. 그러다가 현우 엄마와 눈이 마주쳐 둘이 멋쩍게 웃었다. 갑자기 눈물이 그렁그렁 맺히는 현우 엄마를 보니 덩달아 나도 울컥했다.

"에이, 현우 엄마. 왜 이래에……?"

나는 괜히 현우 엄마를 팔꿈치로 툭 쳤다. 그때 그녀를 잠깐 안아주었어도 좋았을 것을. 그렇지만 그때나 지금이나 내게 그럴 용기는 없고.

현우 엄마, 나만 이런 마음 드는 게 아니라서 다행인거니. 아니면 우리 둘 다 이래서 더 슬픈 거니.

세상은 바쁘게 돌아가는데 집에 우두커니 앉아 있으면

세상과 내가 단단한 콘크리트 벽으로 단절되어 있는 것 같은 기분이 들 때가 있다. 안전하고 따뜻하고 먹을 것도 많고 소파에 맘껏 드러누워도 되는 스위트 홈인데, 나는 이 집에서 가끔씩 외롭고 쓸쓸했다. 그럴 땐 나도 TV를 켜 종종 홈쇼핑을 보곤 한다. 그렇게 홈쇼핑을 보고 있으면 현우 엄마가 떠오르곤 한다.

욱해서

나는 물건을 잘 사지 않는 편이다. 한번 물건을 사면 보관과 정리도 잘해 두어야 하고, 그것을 끝까지 잘 써야 한다는 강박 같은 것이 생겨 불편해서다. 물건을 사용하는 것이 무심하고 자연스럽게 되는 것이 아니라 일부러 그 물건을 사용할 계획을 따로 신경 써서 세워야 한다면, 어쩌면 그 물건은 이미 내게 있어도 그만 없어도 그만인 셈인 것이다. 이런 경험을 여러 번 해 왔던 나는 쇼핑 자체를 잘하질 않는다. 하지만 세상에 나온 새로운 상품을 구경하는 것은 꽤나 좋아한다. 내가 홈쇼핑 채널을 이리저리 돌려보는 이유이기도 하다. 그러다가 정말 아이디어 상품이라고 생각되는 물건을 볼 때면 넋을 놓고 쇼 호스트의 상품 설명을 듣곤 한다. 저런 기발한 상품은 만들어낸 개발자의 노고를 생각해서라도 정말이지 하나 사야 하는 게 아닐까 하는 생각이 들 때도 있다. 자이글과 통돌이 고기구이 제품이 그랬다. 방송을 볼 때마다 살까 말까를 엄청 고민했었다. 고기를 자주 먹는 남편 덕에 이 물건이 우리 집에 온다면 그 쓰임 또한 평타 이상일 것 같았다. 하지만 우리 집 부엌은 너무나도 좁기에 수납할 공간이 그 어디에도 나오질 않았다. 아마도 공간이 비어있는 부엌의 최대한 구석에 놓아두고선 그것을 일부러 꺼내고 사용하고 세척하고 또다시 제자리로 두는 일을 매우 번거로워 할 것이 분명했다. 그래서 '이번만 프라이팬에 구워먹지 뭐' 하면서 새로 산 물건을 어디에 두었는지조차도 잊어버리고 말 것이 불 보듯 뻔했다. 역시 홈쇼핑은 그냥 채널 돌리는 재미로 보는 거다.

그럼에도 내가 무언가에 홀린 듯이 홈쇼핑 방송을 보며 핸드폰 앱을 열어 구매한 상품이 있었으니, 그것은 바로 기미 주근깨 관리에 탁월하다고 하는 고용량 비타민 C 앰풀이었다. 외출 시마다 자외선 차단 크림 정도는 과감하게 생략하고 UV차단 안경 렌즈만을 믿은 채 동네 산책을 한 시간씩 다니곤 했기에 기미 주근깨는 늘 나의 볼과 코에 흩뿌려져 있었다.

'뭐? 20만 원? 야⋯⋯, 내가 이 정도는 사도 되지 않냐? 20개면 한 통에 만 원꼴이네 뭐. 그리고 내가 뭐 옷을 사기를 해. 비싼 음식을 먹기를 해. 이 정도는 사도 된다고. 안 그래? 내가 이 집 청소하고 우리 애 잘 키우고 얼마나 피곤해. 그러니 이 정도는 당당하게 사도 된다고. 누구처럼 피부과 백만 원 코스를 끊기를 하나, 에스테틱을 가기를 하나. 안 그래도 현민이 친구 엄마들보다 나이도 많은데 기미까지 껴 가지고 처음 만나는 애 친구 엄마한테까지도 언니 소릴 듣잖아. 그래, 사자, 사자. 나는 사도 된다고!'

그러면서도 방송 중에만 주는 혜택과 이번 달 남은 생활비 사이에서 갈등했다. 20만 원이면 현민이 태권도 학원 두 달 치인데⋯⋯. 그런데 이때 방송에서 나오는 결정적 멘트 한 방.

"당신은 누군가의 엄마이고 아내이기 전에 사랑받아 마땅한 여자입니다."

심장에 뭔가가 훅 하고 들어온다. 아⋯⋯, 맞다. 나 여자였지. 잊고 있었다. 나는 여자였다. 그때부터 심장 박동이 마구 빨라지고 머리도 대략 멍해진다. 그래, 맞다. 내가 나를 사랑해야지. 누가 나를 사랑하겠어. 나는 사랑받아 마땅하다. 나는 나에게 저 앰풀을 선물한다. 이 정도는 사도 된다. 이제 그만 사버려. 사는 거야!

이런 의식의 흐름을 관통하고(사실은 욱해서) 내게 온 앰풀은 대략 2주간 나의 사랑을 듬뿍 받았다. 저녁에 바르고 자면 다음 날 아침까지 얼굴에서 광이 나는 것이 기미가 한 번에 없어지는 것은 아니지만 피부 자체가 탱탱하고 건강해지는 기분이 들었다. 하지만 이 또한 오래가질 못했다. 1년이 넘게 화장대 어딘가에 그대로 박혀 있는 비타민 C 앰풀들은 이미 갈변이 상당히 진행되었다.

'아니, 뭘 이런 걸 20개 세트로 팔고 그래. 이거 끝까지 다 쓰는 사람이 있긴 한 거야?'

내가 저 앰풀을 산 시기는 바야흐로 연말이었다. 한 해가 지나가는 시점에 내 마음은 뭔가 울적했고, 한 살 더 먹는 것에 대한 불안감이 엄습했다. 그래서 아마도 내가 늙어가는 것에 대한 슬픔을 앰풀로라도 지우고 싶었던 것 같다. 이 정도는 사도 되고 사랑받아 마땅한 여자인 것과 비타민 C 앰풀은 내겐 아무런 상관관계가 없는 것으로 드러났다. 그나저나 갈변한 앰풀은 이대로 써도 되는 걸까. 설마 버려야 하는 걸까. 인터넷에 검색이나 해 봐야겠다.

쇼핑이 고달파서

TV 채널을 무심히 돌리다가 홈쇼핑에서 팔고 있는 상품 하나가 눈에 들어왔다. 니트와 카디건 2개 세트, 검은색도 주고 회색도 준단다. 옷 4벌에 39,900원. 아이 하원이며 마트며 학원이며 외출을 할 때마다 왜 이렇게 입을 옷이 없나를 고민해왔던 나는 괜찮은 상의를 파는 홈쇼핑 채널을 보게 되었다. 디자인도 재질도 마음에 든다. 샀다. 아마도 이 옷은 가을 한철 나의 교복이 되어줄 것이다.

정말 필요하다 싶었는데 디자인도 가격도 합리적이라면, 나는 별반 고민하지 않고 홈쇼핑에서 옷을 산다. 레깅스 4종 세트, 여름 티셔츠 3종 세트, 원피스 2종 세트 등등. 그렇게 한 세트를 사 두면 한 2~3년은 색깔별로 번갈아가면서 잘 입게 된다. 옷을 구비해 두어야 하는 것에 큰 고민을 하지 않아도 되어서 좋다. 베이지색 티셔츠에 기름때가 묻었다면 다음 날엔 민트색을 입으면 된다.

예전엔 물건 하나 사려면 일단 매장에 가서 몇 개를 고른 후 비교해 보았다. 일명 오프라인 쇼핑. 쇼핑을 핑계 삼아 여기저기를 돌아다니는 자체가 하나의 재미였다. 니트 하나를 사도 색깔별로 다 입어보고, 어떤 색이 나의 동그랗고 웜톤인 얼굴에 맞는지를 거울을 보고 또 보고 친구에게 물어보기까지 하면서 비교해 보았다. 어디 옷만 그럴까. 신발의 경우도 신발 전문 매장에 가서 3개 이상은 신어 보고 걸어 보고 치수는 정확히 맞는지 확인해 보아야만 내 선택을 스스로 신뢰할 수 있었다. 그런데 이젠 육아에 지쳐서인지, 나이가 들어서인지 물건을 사는 데 예전만큼의 에너지를 사용할 여력이 없다. 시간이 난다면 소파에 드러누워서 TV 채널 돌리는 것을 선택할 것이다. 이런 나에게 홈쇼핑에서 제안하는 질도 어느 정도 괜찮고 가격마저도 합리적인 상품인 데다가 유행과도 별로 상관없는 기본적인 디자인을 발견하게 되면 그것을 사곤 했다. 자주는 아니지만 말이다.

그런데 어느 순간부터 남편이 홈쇼핑에서 운동화를 사기 시작했다. 운동화를 사니 실내화도 덤으로 주고 너무 좋다는 것이다. 남편이 홈쇼핑 채널을 돌리는 내게 묻는다.

"여보, 그 리모컨 좀 줘 봐. 어디 신발 파는 데 없나 한 번 보게."

그러니까 홈쇼핑은 쇼핑에 너무 많은 에너지를 사용하고 싶지는 않으면서 합리적인 가격과 디자인을 제공받기 원하는 우리 부부 같은 '쇼핑 귀차니스트'들에게는 참으로 만족스러운 채널인 것이다.

쇼핑, 누군가에게는 분명 신나고 재밌는 일이겠지만 또 다른 누군가에게는 고달픈 일이 되곤 한다. 당분간은 나의 이런 고달픔을 효과적으로 덜어주는 홈쇼핑을 꽤나 애정할 것 같다.

결혼한 여자의 체념과 존엄 사이

"우리도 영화도 좀 보고 그럽시다."

"영화 보고 싶어도 같이 볼 사람이 없다니까."

"이 영화는 아줌마라면 꼭 봐야 한대."

영화 〈82년생 김지영〉을 독서 모임 멤버 5명과 함께 보았다. 아이들이 학교에서 집으로 돌아오기 전에 후딱 봐야 했기 때문에 조조영화로 말이다.

영화를 같이 본 멤버들의 간략한 신상 정보는 이렇다.

멤버 1(닐라): 과외 선생님, 딸 둘

멤버 2(나): 주부, 아들 하나

멤버 3(션): 주부, 아들 셋

멤버 4(귤): 주부, 딸 둘

멤버 5(쥬): 주부, 딸 하나, 아들 둘

영화를 보면서 역시나, 우린 모두 울었다. 하지만 이 영화에 대한 한 줄 평은 '소문 정도는 아니다'였다. 영화에 어느 정도 공감은 되었으나, 큰 울림을 주며 진하게 가슴에 와 닿지는 않았다는 이야기가 주로 오고 갔다.

영화는 《82년생 김지영》 책과는 다르게 김지영의 결혼 이후의 삶을 주로 보여 준다. 중간중간 지영의 고등학생 시절과 회사원 시절의 이야기가 나오긴 하지만, 남녀 차별의 지난한 서사를 책처럼 풀어내기엔 부족해 보였다. 길지 않은 상영시간 때문에 책의 이야기를 다 담을 순 없었을 것이다.

나와 함께 영화를 본 독서 모임 멤버 대부분은 아이를 둘 혹은 셋을 키우고 있다. 친정과 시댁의 도움 없이 이곳 신도시에서 독박으로 말이다. 게다가 우리의 남편들은 김지영의 남편처럼 그렇게 친절하고 다정할 리가 없다. 그러니 김지영이 현재의 삶을 갑갑해하는 것을 어느 정도는 공감하겠으나, 그녀가 처한 삶의 조건이 우리네만큼 너무 팍팍하여 아침에 눈뜨는 게 무서울 정도는 아니지 않느냐는 것이다. 우리가 영화 〈82년생 김지영〉에 공감하지 못한 포인트를 정리해 보자면 다음과 같다.

애가 너무 얌전하다

영화에서 김지영의 딸은 엄청 얌전한 편이다. 아기를 키우다 보면 하루에도 몇 번씩 겪어야 하는 애가 울어 재끼며 눈물 콧물 짜는 상황이 영화에는 거의 나오지 않는다. 지하철에서 기저귀에다 똥을 싸서 엄마를 좀 고단하게 하기는 한다. 그리고 카페에서 커피를 쏟아서 지영에게 '맘충' 소리를 듣게 하지만, 나는 노키즈존이 거의 없는 신도시에서 아이를 키워서일까, 이 장면이 크게 마음에 와 닿지는 않았다.

남편이 너무 스윗하다

남편이 퇴근하자마자 허겁지겁 집으로 달려와 아기 목욕을 시킨다고? 요즘 30대 남편들은 이렇게 할지도 모르겠다. 나의 남편 또한 아기를 매우 좋아하는 편인지라 퇴근 후 본인에게 남아있는 거의 모든 에너지를 총동원하여 육아에 많이 참여했었다. 하지만 김지영 남편 정도는 아니었다. 남편은 본인도 회사에서 일에 시달려 지쳐 있는데, 퇴근하고 돌아오면 다시 육아 출근하는 기분이라며 집에서만큼은 좀 쉬고 싶다고 했다. 그러면 나는 나대로 꼬여서 그에게 시비를 걸곤 했다.

1단계: 나 육아가 너무 힘들어.
2단계: 나도 회사에서 엄청 시달려. 힘들어.
3단계: 그래? 누가 더 힘든지 배틀이다!

답도 없는 3단계 부부 싸움은 내가 육아에서 한숨 돌릴 수 있게 되면서 자연스럽게 사라졌다. 내 몸이 고단하면 나보다 덜 고단해 보이는 남편이 그렇게도 미울 수가 없었다.

이 정도면 개념 시댁이다

영화에는 명절날 설거지를 다하고 친정에 갈 준비를 하고 있는 김지영에게 갑자기 시누이가 나타나더니 다시

앉히려고 하는 장면이 나온다. 이 장면에 많은 여성들이 공분했다. 하지만 이 장면 말고는 지영의 시댁이 그렇게 이상한 시댁처럼 느껴지지는 않았다. 지영의 시어머니는 지영의 정신 상태를 알고부터는 지영을 고려해서 전화도 자주하지 않는다. 또 한약도 지어 보내주시고, 서울에 올라와서도 지영이 불편할까 봐 자식 집에 들르지 않고 바로 본인의 집으로 내려가신다. 이 정도 시어머니면 며느리들이 바라는 일반 상식선에 계신 분이라고 여겨진다.

현실의 친정 엄마와 너무 다르다

"애 하나 키우는 게 뭐가 그렇게 힘들다고 그래?"

"엄마는 뭐, 공짜로 되는 줄 알았냐?"

"너 혼자 알아서 큰 줄 알았지? 엄마도 너희들 다 그렇게 키웠어. 그때는 지금처럼 일회용 기저귀가 있기를 하나. 광목 잘라서 만든 천 기저귀 다 빨아야지, 널어야지, 개어야지. 비라도 오는 날이면 기저귀가 안 말라서 선풍기 틀어 놓고. 지금은 기저귀 빨기를 하나. 육아용품도 좋은 게 널려 있고. 우리 때는 유모차가 있기를 하나. 허리가 부서져라 너희들 업고 다녔어. 요즘 엄마들은 뭐가 그렇게도 힘들다고 그래."

가장 흔한 친정 엄마들의 공치사다. 내가 엄마에게 육아가 힘들다고 할 때마다 저런 말들이 반사판처럼 돌아왔다. 현실의 친정 엄마는 "그랬구나. 아이고, 우리 딸 힘들구나"라는 공감의 '구나체'를 사용하지 않는다. 김지영 엄마처럼 자신의 삶을 포기하고 딸의 사회 진출을 도와주겠다고 선뜻 나서는 엄마가 현실에선 과연 몇이나 될까. 딸의 직업이 정년이 보장되는 공무원, 선생님 혹은 월수입 얼마 이상이 보장되는 직업군이라면 또 모를까. 월 100만 원도 못 버는 딸의 자아실현을 위해서 친정 엄마가 육아를 대신해주는 경우는 아마도 극히 드물 것이다.

그럼에도 김지영은 병이 났다. 영화는 말하고 싶었을 것이다. 김지영이 아픈 이유는 고달픈 육아 때문이 아니다. 이기적인 남편 때문도 아니다. 시월드에 시달려서도 아니고, 친정 엄마가 딸을 위하지 않아서도 아니다. 눈 뜨자마자 아이가, 남편이, 시댁이, 친정이 나를 괴롭히는 것은 아니지만, 이 모든 것이 한데 섞여서 결혼과 출산 이후 김지영의 삶은 송두리째 바뀌어 버렸다. 지영은 거기서 길을 잃었다. 지영의 친정 엄마 말처럼 지영은 '허깨비' 같은 삶을 어떻게 살아내야 하는지 그 방법을 알지 못했다. 영화는 김지영의 삶을 보여주며 여자의 결혼 이후 삶의 '방향성'에 대해 질문한다. 하루해가 저무는 시간, 김지영은 아파트 베란다에 서서 석양을 바라보며 독백한다.

"결혼해서 애도 낳고, 나름 행복하기도 한데. '나'는 어디로 가고 있나요? 어디로 가야 하나요?"

우리 5인방은 '정말 일하고 싶은 여자라면 이 영화에 엄청 공감하겠다'라는 말에는 모두 수긍했다. 하지만 아줌마라고 해서 모두가 김지영처럼 재취업의 꿈을 꾸며 다시 사회에 진출하고자 하지는 않는다는 것을 나도 여러 아줌마들을 사귀고 나서야 알게 되었다. 사실 이 부분이 꽤나 마음에 '걸리는' 분들도 많았던 것으로 알고 있다. 다시 취업하려고 하는 김지영의 고군분투가 많은 전업주부들에게 '당신들은 왜 김지영처럼 취업하려고 노력하지 않아요?'라고 읽힐 수도 있기 때문이다. 전업주부, 정작 본인들은 그걸 원하지도 않는데 우리를 잠재적 경력단절녀로 바라보는 사회적 시선은 가끔 우리를 당황스럽게 만든다.

어느 날 아침, 아이를 등원시키다가 마주친 동네 엄마가 내게 물었다.

"언니, 요즘 뭐 하고 지내? 집에서 뭐 해?"

나는 글을 쓰고 있다고 하기도 그래서 "그냥 있지 뭐"라고 했다. 그러자 나의 말을 낚아채듯 그녀는 "뭐야, 노는 거네. 언니, 뭐 안 할 거야? 집에서 놀면 뭐해"라며 나에게 채근했다.

올해 어린이집 보조 선생님으로 취업한 그녀의 말이 내게 다분히 껄끄럽게 들리는 이유는 돈을 '안'이 아닌 '못' 벌고 있는 나의 자격지심 때문인가. 아니면 한때 본인이 전업주부였던 사람들조차도 전업주부 개개인이 살아가는 삶의 다종다양한 상황 정도는 가볍게 무시한 채 전업주부를 그저 '노는 여자'로 치부해도 된다고 여기는 사회적 분위기에 쉽게 편승해 버리기 때문일까. 한때 동류였던 사람들에 대한 그 어떤 인간적 이해도 없이 말이다.

사회적 시선이 이러함을 우리 전업주부들 스스로 충분히 체감하고 있음에도 불구하고, 내 주변에만 해도 스스로 전업주부를 '선택'하고 그 삶에 만족하는 사람들도 꽤나 있다. '외벌이로도 먹고 살만한 경제력을 유지할 수 있기 때문에 전업주부를 선택할 수 있는 것 아니냐'와는 조금 다른 시선으로 전업주부들을 바라봐 주길 바란다. 살면서 돈은 매우 중요한 것 중 하나이긴 하지만, 또 그게 다는 아닌 경우도 많으니까 말이다.

지금까지 내가 만나 온 아줌마들을 '취업(돈벌이)' 기준으로 분류해 보자면 다음과 같다.

일하고 싶은 사람

한마디로 살림이 적성에 안 맞는 분들, 심지어 싫은 분들이다. 이런 분들은 어떻게든 일을 한다. 재취업으로 많이 선택하는 직업으로는 보육교사, 학원 선생님, 과외 선생님, 마트 직원 등이 있다. 단발성 아르바이트로 학원에서 문제집 채점 알바를 하면서 만족하는 사람도 있다. 물론 다시 회사원으로 재취업에 성공하는 사람도 있고, 아예 진로를 변경하여 상담사, 출판디자이너 등이 되기 위해 대학원에 다니는 사람도 있다. 혹은 카페나 반찬 가게 등을 오픈하여 사장님이 되는 경우도 있다.

전업주부에 만족하는 사람

꽤 많다. 사회적 시선으로 '무능'이라고 읽혀서 그렇지, 마음만 먹으면 언제라도 일을 시작할 수 있는 국가 공인 자격증을 소유한 능력 있는 전업주부도 꽤나 있다. 다만 그녀들은 일보다는 가정을 선택한 것이다.

이도 저도 아닌 사람

일을 하고 있으면 일하기 싫고, 일을 안 하고 있으면 뭔가 해 보고 싶어 한다. 이런 부류는 나이 오십이 돼서도 육십이 돼서도 계속 갈팡질팡 고민하는 사람들이다. 안타깝게도 나는 이 부류인 것 같다.

그렇다면 김지영은 왜 그렇게 일이 하고 싶었던 걸까. 일, 그거 안 하는 게 더 편한 삶 아닌가. 만약 지금의 나에게 '너 글 쓰지 말고, 독서 모임도 나가지 마'라고 하는 사람이 생기거나 내 삶이 그런 상황이 된다면, 나는 존재의 무력감을 느낄 것 같다. 그리고 어떻게 해서라도 시간을 내어 글쓰기를 하고 틈틈이 책을 읽고 거짓말을 해서라도 독서 모임에 나가려고 할 것이다. 이렇듯 누군가에게 '일'

이란 나의 글쓰기와 마찬가지로 '한 사람을 그 사람이게 하는 마지막 도구'인 것이다. 누구에게나 내가 나임을 가감 없이 드러내고, 그런 나를 확인할 수 있는 유일한 시공간이 절대적으로 필요하다. 전업주부라고 해서 예외이진 않다.

　나는 글을 쓰면서 우울감에서 많이 벗어날 수 있었다. 내 글을 누가 읽어 주는 사람도 없고 드러내어 어디 보여줄 곳도 없었지만, 아이가 등원하고 나면 나는 컴퓨터 앞에 앉아 글을 쓰려 했다. 가끔은 내가 뭐하는 짓인가 싶기도 하고, 누군가에게 내 글을 들이밀며 제발 좀 읽어달라고도 하고 싶었다. 나는 혼자 읽고 쓰는 막막함을 있는 그대로 받아들여야만 했다. 하지만 하나의 글을 완성하고 나면, 무엇인가를 집중해서 해내려고 애썼던 나를 스스로 기특해 할 수 있었다. 그러면서 많이 밝아져 매일 툴툴거리던 내가 사람들을 만나면 웃으면서 농담도 잘하게 되었다. 물론 게으름이 올라오는 날에는 글을 쓰지 않기도 했다. 하지만 게으름을 피우고 난 후에는 놀만큼 놀았다 하며 또 쓰기 시작했다. 돌이켜 보니 글쓰기를 잘하려고 노력했다기보다는, 글을 쓰는 나 자신과 글을 쓰며 보내는 그 시공간을 좋아하게 된 것이었다.

사실 나는 뭔가를 배우는 아줌마들을 볼 때마다 좀 신기했었다. 영어 회화, 그거 배워서 어디 가려고? 캘리그래피, 그거 배워서 뭐 할 건데? 그런데 이젠 그 마음을 조금은 알 것 같다. 그녀들은 그걸 '하는' 거다. 그러면서 자신을 확인하고 만족하는 시간을 가지는 거다.

내가 아는 어떤 아줌마는 분기마다 집안 가구 배치를 바꾸곤 한다. 남편 도움 없이 혼자서 낑낑대면서 말이다. 침대를 이쪽 모퉁이 조금 옮기고 또 저쪽 모퉁이 조금 옮기면서 위치를 아예 바꿔버린다. 그리고 책장에 책을 다 빼서 다시 배치하고 정리해 넣는다. 그녀는 이렇게 가구 배치를 바꾸는 것도 하면 할수록 노하우가 늘어서인지, 이젠 별로 힘들지도 않다고 했다. 남들은 힘들게 왜 그러냐고 그 시간에 그냥 놀라고 하겠지만, 그녀는 가구를 다시 배치하는 시간이 가장 자기 자신일 수 있기에 그러는 것은 아닐까. 이걸 누구에게 보여주고 인정받고자 하는 일은 절대 아니지 싶다.

"그건 왜냐면…… 결혼한 여자의 얼굴에는 빛이 없거든."
엄마는 눈을 동그랗게 뜨고 나를 바라보았다. 눈빛으로 어
떤 충격 같은 것이 지나가는 것이 느껴졌다. 내겐 그건 사
실이었다. 내가 친구들의 엄마를 보면서 느낀 거였는데,
안정감이라든가 노련함이라든가 하는 표정은 있었지만 뭐
랄까, 반짝반짝 빛 같은 것은 본 적이 없었다. (중략)
"그거는 결혼을 하고 안 하고가 아니라 자기 자신이 얼마
나 자신으로 살아가는가의 문제야……."
"알아. 그런데 그게 없더라니까. 거의 본 적이 없어. 그럴
때 사람들은 생각하는 게 아닐까. 저 여자는 아줌마구나."

나는 공지영 작가의 《즐거운 나의 집》을 30대 초반에 읽
었다. 당시 이 대목을 아줌마로 산다는 게 과연 어떤 것이
기에 저렇게까지 설명을 하나 싶어 꽤나 오랫동안 기억
해두고 있었다. 그런데 이젠 아줌마들 특유의 심드렁함에
대해서 너무나도 잘 알게 된 아줌마 중 한 명이 되어 있
다. 그러니까 생기, 뭔가에 신나있고 살아있는 에너지가

아줌마들에게는 없다는 뜻일 게다. 나는 전업주부가 많은 이 동네에서 생기를 잃은 아줌마들의 얼굴을 꽤나 자주 마주친다. 엘리베이터에서 순간 쓰윽 스쳐도 뭔가 불만 가득한 화난 얼굴이거나, 만사에 관심 없다는 듯한 무표정한 얼굴들을 말이다.

"니는 서울 한번 갔다 오면 그 후로 몇 날 며칠을 피곤해하면서. 니, 이번에 꼭 나가야겠나."

"맞제……. 알겠다. 그냥 내는 이번에 못 나간다고 할게."

결혼하고 엄마가 되면서 가장 먼저 포기한 것은 내 나름의 사회생활이었다. 몇 달 전부터 약속한 선후배의 결혼식, 송년회, 친구들 모임 등에 못 나가기가 일쑤였다. 나를 주저앉히는 이런 상황들이 갑갑했지만, 그렇다고 딱히 다른 대안도 없었다. 아이와 가족을 돌보는 일은 늘 삶에서 제1순위였다. 그렇게 내가 무엇을 체념하고 또 나를 위해서 무엇을 챙겨왔는지도 모른 채 하루하루가 지나갔다. 그러다가 문득 사춘기 시절처럼 자아에 눈뜰 때마다 '에이, 이런 생각하면 뭘 해. 피곤하다. 잠이나 자자' 하며 질끈 눈을 감았다. 어차피 하루 온종일 내 뜻대로 되는 건 하나도 없는 날이 많으니, 이 삶을 바꿀 수 없다면 받아들이는 수밖에 없었다.

그런 우리 아줌마들에게 삶의 방향성을 질문하는 이야기. 내가 본 〈82년생 김지영〉은 그런 영화였다. 나는 영화가 방향성을 물어봐 줘서 고마웠다. 나에게 가고 싶은 곳, 그 '어디'라는 게 있긴 했었나. 어디를 생각하는 것조차 아이와 가정을 보살피는 것에 지친 반발심 같아서 죄책감을 마음 한구석에 숨겨야 했던 나날들이 있었다. 영화는 '우리 이제 그러지 말자'고 한다.

"너 하고 싶은 거 다 해, 우리 딸. 너 하고 싶은 거 다 해."

아픈 김지영에게 하는 친정 엄마의 따뜻한 대사다. 하지만 우리도 그렇게는 못한다는 것을 다 알고 있다. 순차로 벌어지는 뒷감당이 두려워서도 못한다. 그래도 그냥 말이라도 저렇게 해 주는 사람이 있으면 참 좋겠다. 그 말을 해주는 사람 손잡고 실컷 울기라도 하게. 하지만 그런 사람이 현실에는 없으니 눈물을 거두고 또 하루하루 씩씩하게 살아가는 수밖에. 내가 알아서 하고 싶은 거 하고 먹고 싶은 거 먹으면서 말이다. 그런데 살다 보니 이 사실을 자주 까먹어서 냉장고에라도 붙여 놓아야겠다.

'나는 존엄하다. 그러니 이제 하고 싶은 것 좀 하고 살자'라고.

4
착하지 말고 자유롭게

이전으로는 돌아갈 수 없다

문자가 왔다.

예약 대기 신청 좌석이 배정됨.

○월 ○일 24:00까지 결제 바랍니다. (미결제 시 취소됨)

20대 중반에 자취를 시작한 후 처음으로 맞이하는 추석 명절이 다가오고 있었다. 나는 고향인 부산에 다녀오기 위해 선배들에게 후일담으로만 들어왔던 명절 열차표 구하기 대작전에 동참했다. 표 예매일, 새벽 5시 30분에 일어나 6시 정각에 시작되는 명절 기차표 온라인 예매를 하기 위해 PC와 노트북을 동시에 켜 놓고 치열한 광클릭을 했다. 하지만 그날 새벽에는 표를 단 한 장도 구하지 못했다. 대신 열차표 대기 신청을 해 둔 덕에 명절에 임박해서야 어렵사리 기차표를 구할 수 있었다.

자, 이제 표도 구했으니 명절 연휴 동안 놀 계획을 짰다. 자취 시작 후 처음으로 고향에 내려가는지라 잔뜩 들떴다. 보고 싶었던 가족도 만나고, 명절 음식도 실컷 먹고, 오랜만에 고향 친구들을 만나 밤새도록 떠들며 놀 작정이었다. 그렇게 계획대로 낮에는 빈둥거리고 밤에는 친구들 만나서 신나게 놀다 보니 명절 연휴는 어느새 금세 지나갔다.

명절 연휴 마지막 날, 나는 엄마가 잔뜩 싸 주신 명절 음식을 캐리어 한가득 싣고 다시 서울행 기차를 탔다. 부산에서 KTX 타고 서울까지 오는 시간이나, 서울역에서 당시 분당이었던 내 자취방까지 배차 간격이 긴 버스를 기다렸다가 또 타고 오는 시간이나 엇비슷하구나. 오전 10시에 본가에서 출발했는데 자취방에 도착하니 어느덧 늦은 오후가 되어 해가 뉘엿뉘엿 지고 있었다.

'하아……. 드디어 도착했네. 역시 내 집이 최고야.'

캐리어에서 짐을 풀며 내 자취방 특유의 공기를 들이마시며 생각했다.

'아아, 정말 편하다. 내 방.'

어, 근데 이 느낌 뭐지……. 내 집? 내 방? 자취를 시작했지만 나는 자취방과 본가, 두 군데 모두를 나의 집이라 여겨 왔었다. 본가에도 여전히 내 물건은 많이 남아 있었기에 아무런 준비 없이 덜렁 몸만 부산으로 내려간다 하더라도 그곳에서 별 불편함 없이 지낼 수 있을 것이다. 그런데 자취방에 도착하자마자 불쑥 들었던 '내 집이 최고야'라는 느낌 하나로 이제 본가는 더 이상 내 집이 아닌 곳이 되어 버렸다. 본가는 내가 여행 삼아 잠시 머무를 수는 있으나, '이제 다 왔다'며 몸과 마음이 편안함을 느끼는 최종 종착지점은 될 수 없었다. 그때 마음속에서 무엇인가가 정리되었다.

'아, 나는 여기가 좋구나. 난 다시 부모님과 함께 살지는 않겠구나.'

부모님과 물리적으로 분리된 이후에도 부모님에 대한 미안함으로 잡고 있던 정서적 연결 고리는 내가 자취하는 몇 개월 동안 이미 스르륵 끊어져 있었다. 다만 나는 그것을 알아채는 것을 미루고 있었던 것이다.

잠시 내 자취방을 가만히 둘러보았다. 참 좁다. 그래도 나는 이 원룸이 너무 좋다. 이십 대 중반을 관통하고 있던 당시, 세상사 내 마음대로 되는 것이 하나도 없다는 것을 조금씩 알아차리고 있던 그때, 이 자취방에서만큼은 누구의 간섭도 받지 않은 채 나의 시간과 공간을 마음대로 주무를 수 있었다. 이 정도면 거의 완벽에 가까운 나의 것이라 할 수 있겠다. 그때 가슴속에서 알싸한 바람이 불며 지금부터의 나는 진짜로 혼자 살아도 되겠다 싶었다. 그렇게 '그냥 나'로 살아보기를 시도한 자취 후 몇 달의 워밍업 시간은 이미 끝나 있었다. 그래서 많이 들뜨고 행복했다.

엄마는 나의 자취를 거의 끝까지 말리시다가 아버지의 설득으로 마지막에 포기하셨다. 포기 이후 엄마는 나를 적극적으로 도와주셨다. 얹혀살던 친구 집에서 계약한 자취방으로 이사를 가던 날, 이삿짐이라고는 고작 캐리어 두 개가 전부인 단출한 살림이었지만 엄마는 나를 도와주러 이삿날에 맞춰 부산에서 올라오셨다. 엄마와 나는 살림살이를 장만하기 위해 근처 시장에 갔고, 중고 용품

가게에서 가전제품과 가구 등을 골랐다. 엄마가 가게 사장님에게 부드러운 부탁 조로 엄청난 에누리를 받아 낸 덕분에 가전제품들을 원래 가격의 거의 절반 가격으로 살 수 있었다. 나는 엄마의 능력에 사뭇 감탄하며, 넉넉지 않았던 가정 살림은 엄마에게 이런 능력을 개발하게 했구나 하고 생각했다. 그렇게 가전을 사고 난 후 프라이팬, 국자, 뒤집개 등의 집기를 사는 것도 함께했다. 엄마는 "혼자 살아도 있을 건 다 있어야 된다"고 하시며 딸이 쓸 살림살이를 야무지게 골라주셨다. 엄마는 나보다 더 먼저 알고 계셨던 걸까. 내가 한 번 집 나가면 웬만해선 돌아오지 않을 것을. 엄마는 그렇게 길지 않은 며칠을 나와 함께 보내고 다시 부산으로 내려가셨다.

"엄마, 지하철 갈아탈 때 엄청 조심해야 된데이. 서울 지하철 엄청 복잡하다니까. 갈아타기 전에 꼭 옆에 사람한테 물어봐요. 이쪽이 서울역 가는 방향 맞냐고. 알겠제? 안 그러면 반대 방향으로 갈지도 모른다니까. 그럼 기차 놓친데이."

"아이고. 알았다 마, 야는 내가 뭐 바본 줄 아나."

엄마는 그렇게 부산으로 내려가셨다. 내가 자취를 시작

하고 한동안 엄마와 나는 우리답지 않게 자주 서로의 안부를 묻곤 했다. 물론 우리의 잦은 통화는 한 달도 가지 않았지만 말이다. 당시 엄마는 전화 통화 끝에 항상 이렇게 말씀하셨다.

"딸, 잘 살아라. 씩씩하게. 밥도 씩씩하게 묵고."

그 뒤 양생은 지리산으로 들어갔는데, 그 소식을 아는 이가 하나도 없다고 한다.

고전문학《만복사저포기》의 결말이다. 삼십 대 초반 즈음 고전문학을 배우러 다닌 적이 있는데, 그때 이 소설을 시험용이 아닌 문학작품으로 다시 읽을 수 있었다.《만복사저포기》의 줄거리는 대략 이렇다.

주인공 양생은 만복사라는 절에서 불상과 저포놀이를 한다. 양생은 불상에게 내기를 걸며, 자신이 이기면 자신에게 배필을 내려달라고 한다. 내기에서 이긴 양생은 배필을 만나게 되고, 그 처자가 귀신인 것을 모른 채 사랑을 나누게 된다. 그 후 이 사실을 알게 된 귀신 처자의 부모가 양생에게 고마워하며 약간의 전답과 노비 몇 명을 내어 준다. 하지만 양생은 귀신의 부모가 내어준 재산을 모두 팔아 귀신 처자를 위한 제사를 올리고 지리산으로 들어간다. 그 후 양생은 속세로 돌아오지 않는다.

당시 선생님은 수강생들에게 물었다.

"왜 양생은 귀신의 부모가 준 재산으로 잘 먹고 잘살지 않았을까요? 왜 그걸 귀신을 위해서 제사 지내는 데 다 써버리고 자신은 지리산으로 갔을까요? 양생은 뭔가 알고 있었겠죠. 연애를 하기 전과 후, 여러분은 어떻게 바뀌었나요? 사람 안 변한다고 하지만, 사실 사람은 계속해서 변합니다. 우리는 어떤 것을 통과하고 나면 다시는 그 경험 이전의 나로 되돌아갈 수 없는 사람이 되곤 하죠. 전문 용어로 '질적 변이'라고 합니다. 왜 그런 거 있잖아요. 키스를 한 번 경험하고 나면 그것을 하기 전의 나로는 절대로 되돌아갈 수 없죠. 오오, 이 눈빛 뭐죠. 설마 모르는 건 아니죠? 하하, 뭐 이 느낌 다들 안다 치고. 우린 그렇게 어떤 사건들을 통과하면서 스스로 계속 변이하면서 살아가고 있는 겁니다. 우리는 어떤 세계가 켜켜이 쌓이는 경험을 하기도 하고, 또 반대로 공고했던 자신의 세계가 무너지는 경험을 하기도 합니다. 외모가 그대로고 또 사는 곳이 그대로이다 보니 늘 자신이 제자리에 머물러 있는 것 같지만 사실 우리는 늘 변하고 있어요. 시 한 편이, 책 한 권이 여러분의 가슴에 들어가서 우리의 행동을 바뀌게 할 수도 있잖아요. 그게 영화나 드라마일 수도 있고. 예를 들면 조선 후기, 천주교의 '하느님 앞에 만인은 평등하다'라는 말 하나 믿고 순교한 사람들 보세요. 그 말이 사람들의 가슴속으로 들어간 순간, 그들은 천주교를 믿지 않았던 예전의 자신으로 다시는 되돌아갈 수 없었겠죠. 목숨을 부지하기 위해 거짓으로 '이제부터는 믿지 않겠다'라고 한들 이미 변이된 자기 자신을 저버리고 살아야 했던 삶은 또 얼마나 힘들었을까요. 그러고 보면 양생은 자기 자신에게 꽤나 솔직한 사람이었던 거겠죠. 마음이 향하지 않는 곳으로는 몸도 갈 수 없는 사람. 그러니 양생은 귀신 처자가 없는 이생에서는 더 이상 예전처럼 살 수가 없었겠죠."

선생님은 어떤 경험은 인간을 질적으로 변이시킨다고 설명해 주었다. 질적 변이, 너무 멋진 말이었다. 나는 그때

'사람이 단어에 반할 수도 있구나'라고 생각했다. 질적으로 다른 인간, 자신을 구성하는 내적 경험과 가치관이 달라진 인간이라……. 세탁 이후 달라진 옷의 질감이 손끝의 감각으로 느껴지듯이, 그 사람을 만났을 때 느껴지는 질감이 예전의 느낌과는 사뭇 달라진 인간이라니……. 당시 나는 이 멋진 말을 기억해 두었다가 나중에 연애할 때 꼭 한 번 써먹어 봐야겠다고 생각했다.

지금 사십 대 중반이 된 후 다시 한번 '나는 어떻게 질적 변이되어 왔나'를 생각해 본다. 대학입시, 첫사랑, 취업, 자취, 결혼, 출산…… 대부분의 청춘들이 겪는 무난하다면 무난한 통과의례가, 의례라는 말에 걸맞게 내 인생에서도 가장 큰 변곡점이었다. 나는 이 과정들을 겪으면서 누군가와 사랑에 빠지기도 하고 또 헤어지기도 했다. 그리고 몇 년 동안 벼르고 벼르던 회사에 취업도 했고 또 다른 곳으로 이직도 했다. 그러다가 잘 웃는 남자를 만나서 결혼을 하고 아이를 낳고 이렇게 주부가 되었다. 그러면서 나는 확연하게 혹은 미세하게 계속해서 바뀌었을 것이다. 또 무엇인가를 계속해서 잃어버리고 또 얻었을 것이다.

오늘은 드디어 몇 개월 전부터 친구들과 만나기로 미리 약속해 둔 바로 그날이다. 나는 약속 날짜 하루 이틀 전부터 벌써 설레기 시작한다. 남편은 이런 나를 보며 '그렇게 좋냐'고 물어본다. 당연히 좋지요. 좋아하는 친구들을 만나 맛있는 거 먹으며 실컷 수다 떨면서 놀기, 이것은 신도시 육아맘인 나에게는 쉽게 허락되는 시간이 아니다.

약속 장소인 서울로 나들이를 가기 위해 광역버스를 탔다. 이곳 신도시에서 서울까지 가는 동안 고속도로 너머의 풍경을 구경하는 것은 또 하나의 재미다. 그렇게 경부고속도로를 타고 서울로 올라가다 보면 버스 창 너머로 판교가 보인다. 대한민국 IT산업의 집합소답게 멋들어지게 지어진 사옥들이 한눈에 들어온다. 그래도 한때 IT회사에서 일을 해서인지, 눈에 들어오는 사옥 간판명이 낯설지가 않다. 하지만 저 많은 사무실 책상 중에 내가 다시 비집고 들어갈 자리가 있기나 할까……. 잠시 그런 생각을 하고 있는데 버스는 어느덧 빠르게 명동으로 향한다.

친구들을 만나서 이런저런 이야기를 하면 너무 재밌다. 비혼인 친구들과 워킹맘 친구들의 회사 업무 스트레스 이야기를 듣고 있자니 딴 세상 이야기 같다. 처녀 시절 나도 저 친구들처럼 힘들다, 괴롭다 하면서 회사를 다녔었던 것 같은데, 이젠 내가 뭐 때문에 그렇게 힘들어했었는지조차도 잘 기억나질 않는다. 나도 친구들에게 내가 사는 이야기를 한다. 육아의 부침, 신도시의 적적함, 남편이라는 존재와 함께 사는 이야기……. 친구들과의 즐거운 수다를 뒤로 한 채, 돌아가는 광역버스에 사람들이 몰리는 시간대를 피해 자리에서 일어난다.

나는 가능하면 버스 제일 첫 열에 앉으려 한다. 버스 통창으로 시원하게 바깥 구경을 하면 가슴이 열리는 것 같다. 그러다가 친구들과 헤어지는 게 아쉬운 생각에 버스에서 친구들에게 카톡을 보낸다.

거의 다 도착. 별로 멀지도 않은데 왜 이렇게 자주 안 만나지니. 우리 앞으로 좀 자주 보자.

그렇게 카톡 수다를 떨다 보니 어느새 내려야 할 정류장에 거의 다 도착했다. 이제 하차하려고 자리에서 일어서니 '어머, 저게 누구야?' 남편이 아기를 안고 버스정류장 앞에 서 있는 게 아닌가! 내가 내리자마자 그저 엄마가 반가운 아기는 방실방실 웃으며 짧은 두 팔을 팔랑팔랑 흔들고 자기를 알아달라는 간절한 눈빛을 반짝반짝 보낸다.

"아이고, 우리 현민이 여기까지 나와 있었어?"

나는 남편에게 안겨 있던 아기를 바로 받아 안는다. 따뜻하다. 시큼한 분유 냄새가 아기의 목덜미에서 훅하고 올라온다. 이 꼬릿한 냄새가 왜 이렇게 좋지. 현민이의 말캉한 살. 듬성듬성 숱 적은 머리카락. 이 작은 눈은 또 어쩔 거야. 아유, 이 이쁜 것.

'아기들은 왜 이렇게 잘 웃는 걸까. 아기들은 왜 이렇게 작은 걸까. 아기들은 왜 이렇게나 엄마를 좋아하는 걸까.'

나는 남편을 물끄러미 쳐다보며 물었다.

"집에서 기다리지 왜 나와 있었어?"

"어? 그냥."

남편은 멋쩍게 웃으며 내 눈을 피한다.

"에이그, 그 몇 시간을 못 참고 내가 그렇게 보고 싶었던 거야?"

"허어, 거 참."

나는 까불고, 남편은 무던하다.

나는 광역버스에서 내려 우리 동네에 발을 내딛으며 알았다. 아니 더 정확히는 아기였던 현민이를 안으면서 알았다.

'내가 살아야 하는 곳은 이곳이구나.'

어, 이 기분, 언제 한 번 느껴본 적이 있는데. 데자뷔네. 나에게 이제 서울은, 그리고 그곳에서 만나는 친구들은 더 이상 나의 일상이 아니었다. 그저 기분 전환 삼아 당일치기 여행 다녀오듯이 잠깐 다녀오는 곳일 뿐 나는 다시 내 자리로 되돌아와야 했다. 서울에서 친구들을 만나고 오니 지금 나의 삶이 더 명징하게 드러났다. 어느새 나는 현민이 엄마로, 그리고 한 남자의 아내로 질적 변이되어 있었다. 나는 돌아갈 수 없다. 아니 그러지 않을 거다. 소설 속 양생처럼 말이다.

이 얼굴에 마트에서
바코드 찍을 수 있을까

'어, 미인이시네.'

우리 동네 마트 계산원 아줌마는 미인이다. 김희선, 김태희처럼 눈이 큰 서구형 미인은 아니지만 딱 봐도 곱다. 그래, 곱다는 표현이 더 맞겠다. 늘 수수한 화장에 단정한 똑 단발 헤어스타일인 그녀는 언제 봐도 단아하다. 적당히 큰 키에 말랐지만 분명 아줌마 몸매인 그녀. 흠…… 몇 살쯤 되었을까. 명찰을 보니 이름이 정미경(가명). 이름 스타일로 미루어보아 그녀는 나와 비슷한 연령대거나 혹은 좀 더 많을지도 모르겠다. 그녀는 벌써 6년째 우리 동네 마트에서 계산원 일을 하고 있다. 우리 동네에 마트가 생긴 게 6년 전이니, 그녀는 마트 창립 멤버인 셈이다. 요즘의 그녀는 내가 그녀를 처음 보았을 때보다 좀 더 나이가 들어 보인다. 가는 세월은 미인에게도 공평하게 야속한가 보다.

그녀는 아주 가끔씩 손님에게 말을 걸기도 한다.

"이거 맛있어요? 어떻게 먹는 거예요?"

그녀는 내가 산 냉동 망고에 바코드를 찍으며 다소 수줍게 물었다.

"아, 저는 이거 믹서로 갈아서 애한테 슬러시처럼 만들어줘요. 꿀 좀 넣고요. 그럼 애가 좋아하더라고요."

"아아. 그렇게 먹기도 하나 봐요."

"네, 전 그렇게 먹어요."

그녀와 짧은 대화를 나눈 후, 나는 마트에서 장 본 물건들을 자동차 트렁크에 넣으며 생각했다.

'마트 계산원이라……. 음, 저 미인은 왜 마트에서 일을 할까.'

그녀의 이름 대신 미녀로 기억되는 건 나로서는 어쩔 수 없는 일이다. 예쁘고 잘생긴 그들에게 눈이 한 번이라도 더 가고, 그렇게 눈 가면서 마음도 가고, 나는 본능적으로 그렇게 살아왔다. 그런데 이제 와서 '미인' 빼고 그 자리에 '정미경 씨'를 넣어본다 한들 이미 내 뇌가 기억하고 있는 '정미경은 미인이다'라는 이미지를 지워버리는 게 가능하기나 할까. 그러다 문득 '어 뭐야, 나 마트 계산원 무시하는 거야? 마트에서 일하는 게 뭐가 어때서. 어때서……? 그러게. 마트에서 일하는 건 어떤 걸까?'라는 생각이 들었다.

저 생각이 든 이후 마트에서 일하는 내 또래의 아줌마들, 음식점에서 서빙하는 내 또래 혹은 나보다 좀 더 나이가 들어 보이는 아줌마들, 청소하는 아줌마들을 마주치게 될 때면 가끔씩 자문하곤 했다.

'나는 과연 저 일을 할 수 있을까?'

흔히들 자식새끼 먹여 살리려면 뭐라도 해야지, 자존심이고 뭐고 그런 게 어디 있느냐고 하지만, 나는 턱 하니 저 일을 시작할 수 있을까. 나는 선뜻 "네"라고 대답할 수 없었다. 이런 생각을 하는 것 자체가 그 일을 하고 계신 아줌마들과 제대로 눈 맞춤을 할 수 없는 이유이기도 했다.

"우리가 이 얼굴에 마트에서 바코드 찍긴 좀 그렇잖아. 안 그래, 박 선생? 여기 오는 선생님들 다들 그래. 다들 애 낳고 전업주부 하다가 뭐라도 해 보려고 저렇게들 하는 거야. 저 선생님들, 진짜 교사는 아니지만 석사까지 한 사람들도 많아. 설마 박 선생도 석사 출신이셔?"

"아, 아니요. 전 그냥 학부만⋯⋯."

"그럼 뭐 과잉학벌도 아니고 잘됐네. 그러니까 학교에서 더럽고 치사하게 굴어도 그냥 해. 박 선생 같은 방과후 강사더러 '강사'라고 하고 '교사'라고 안 하지? 자기, 왜 그런지 알아? 그 잘난 '쩡'이 없잖아. 쩡! 국가공인 2급 정교사 자격'쩡'. 그리고 뭐 또 그거 있다고 해도 임용 고사 통과 못 했잖아. 그거 엄청 힘들다. 그거 완전 고시야, 고시. 그러니까 이거 통과 못 한 자기들한테 그냥 호칭만 선생님이라고 하는 거야. 사실은 학교에서 방과 후 강사들 보따리 장사 취급하는 거, 자기도 곧 알게 될 거야. 학부모들도 딱히 자기들 대우 안 해 주지. 그런 거까지 바라면 안 되는 거 알지? 요즘 엄마들 좀 똑똑해? 교대 나오고 고시 통과한 담임한테도 막말하는 세상인데 방과 후 강사야 뭐. 공개 수업 때 난장판 치는 엄마들도 가끔 만나게 될 거야. 어휴, 그래도 이 일 잘만 하면 돈 되는 거 알지? 학교 3개만 뛰어도 먹고는 살아. 쯩 대신 '쩐'인가. 하하하, 박 선생 그러니까 이 일 오래 하셔. 붙어 있는 놈이 이기는 놈인 거 자기도 잘 알지?"

나는 아이가 유치원에 들어간 첫해 딱 1년간 초등학교 방과 후 강사로 아이들에게 코딩 과목을 가르쳤다. 그때 초등학교 방과 후 수업 교구 제공 업체로 이 바닥에서 10년 이상 버티신 이 바닥의 큰손이라면 큰손인 업체 사장님을 만나게 되었다. 그녀는 과학, 수학, 보드게임, 코딩 과목의 교재와 교구를 제공했다. 사장님은 신참인 나만 보면 "커피 한잔해"라고 하시며 이 바닥 생활에 대해 친절하고도 자세하게 안내해 주시곤 했다. 사장님의 조언에서는 이 바닥 생활에서 쌓인 어떤 한풀이 같은 게 진하게 느껴져 나는 애써 그녀의 이야기를 귀담아들으려고 했지만, 스웨그 넘치는 속사포 랩 같은 사장님의 조언을 듣고 있노라면 자주 멍해지곤 했다.

초등학교 방과 후 강사라는 직업은 엄마들 사이에서는

인기가 좀 있는 편이다. 말 그대로 초등학교 방과 후인 오후 1시부터 5시 정도까지만 일을 하면 되고, 베테랑급이 되면 일의 양 또한 스스로 조절할 수 있다. 즉 육아와 일을 병행하는 것이 가능한 직업이다. 하지만 기존에 이 일을 하려 하는 인력도 많고, 새로 도전하는 사람들도 많기 때문에 꽤나 진입장벽이 높은 편이다. 그리고 아이들을 다루는 직업 특성상 정교사 자격'쯩'을 가지고 있는 사람들을 우대한다. 당시 대략 40개 학교에 이력서를 넣었지만 '쯩'이 없는 나는 채용 시즌이 끝나도록 단 한 곳에서도 연락이 오지 않았다. 그렇게 이 일을 구하는 것을 포기하려 할 때 즈음 한 학교에서 연락이 왔다. 원래 합격했던 코딩 선생님이 개인 사정으로 고사를 하셨기 때문에 나는 차점자로 이 일을 시작할 수 있었다.

3월 출강을 준비하며 나는 수업을 신청한 학생들에게 나눠줄 코딩 교구를 학생 수만큼 업체 사장님에게 주문했다. 그런데 수업 시작 날, 정말로 커다란 보따리에 코딩 교구가 담겨 왔는데 그 안에는 교구가 50개, 100개 들어 있었다. 그리고 수업에 들어오는 학생들에게 수업 진행에 없어서는 안 된다는 이유로 교구를 하나씩 제공했다. 말이 제공이지 무조건 파는 격이었다.

'아, 이거 정말 보따리 장사구나. 하하하.'

학교에서 외부인으로 치부하는 속칭 보따리 장사인 방과 후 강사. 그래도 학생들한테 '선생님' 소리 들으니 좋긴 했다. 하지만 나는 이 일을 딱 1년만 했다. 그만둔 이유야 만들자면 100개도 더 만들 수 있겠지만, 그중 가장 큰 이유는 처음 마음과는 다르게 시간이 흐를수록 학생들 상대하는 게 즐겁지 않아서였다. 더 솔직히는 좀 싫었던 것 같다. 그땐 내가 금쪽같은 내 새끼 육아에 질려 있던 상태여서인지, 더 금쪽같은 남의 새끼까지 상대해야 하는 게 많이도 버거웠다.

그렇게 그 일을 접은 지 몇 년이 지났지만, 교구 업체 사장님의 '우리가 이 얼굴에 마트에서 바코드 찍긴 좀 그렇잖아'라는 말은 그때나 지금이나 내 마음을 너무 잘 대변하고 있는 말이기에 한 번씩 생각나곤 한다. 그 말을 가슴 한쪽에 품고 있는 나는 미녀 정미경 마트 계산원이 바코드 찍는 모습을 볼 때마다 마음 한쪽에서 어떤 죄책감 같은 것을 느끼곤 했다. 그러게. 나는 마트 계산원을 무시하고 있던 거였네.

나 홀로 점심 식사 시간. TV 앞에 밥상을 차리고 전원을 켰다. 그리고 이리저리 채널을 돌리다가 드라마 〈스토브리그〉의 한 장면에서 "아무나 다 할 수 있는 일이지만 '미숙 씨가 해주면 좋겠어요'라고 말해주는 사람이 있다는 게, 그냥 그게 너무 좋아"라는 대사를 듣게 되었다. 이 대사가 뭐라고 나는 밥 먹다 말고 거의 대성통곡에 가깝게 울었다. 그리고 그렇게 울면서도 자문했다.

'아니, 이게 이렇게까지 울 일인가? 그간 내가 많이 갑갑했었나 보다.'

한 번씩 체기처럼 올라와 나를 갑갑하게 만들던 '우리가 이 얼굴에 마트에서 바코드 찍긴 좀 그렇잖아'라는 말을 잘근잘근 씹어 삼켜 나의 것으로 만들지도 못했고, 그렇다고 처음부터 듣는 둥 마는 둥 한 귀로 듣고 한 귀로 흘리지도 못했다. 그렇게 내 안에서 뱅뱅 돌던 이 말이, '미숙 씨가 해 주면 좋겠어요'라고 해서 일을 시작하기로 결정한 드라마 속 미숙 씨의 대사 한마디에 시원하게 내려가는 것 같았다.

나는 이제 더 이상 방과 후 강사가 아니다. 그럼 나는 '이 얼굴에' 어떤 일을 다시 할 수 있을까. 아니 지금의 나는 어떤 일이든 일 자체를 다시 시작할 수나 있을까. 사실 나는 이 질문을 애써 외면하고 있었다. 애를 써가며 일부러 모르는 척하는 것은 에너지가 많이 드는 일이었다. 용수철처럼 한 번씩 불쑥 튀어 올라오는 이 질문을 '에이, 나도 몰라'라며 튀어 오르는 힘보다 더 세게 꾹꾹 눌렀다. 그런데 누르고 덮는다고 질문이 어디 없어지기나 할까. 나는 내 안에 가두어 두었던 질문에 대한 해답을 꾸역꾸역 찾고 있었다. 그러다가 저 말을 만났다. 저 대사가 내겐 '혜란 씨가 해 주면 좋겠어요'로 들렸다. 내겐 너무나도 반갑고 고마운 말이었다. 아, 언제가 되더라도 앞으로 일을 시작할 때 이런 마음으로 시작하면 되겠구나. 기쁘고 가볍겠구나. 그렇게 갑갑했던 속이 뻥 뚫리는 듯했다.

자의식. 나는 나의 건재함을 알리고 싶었다. '내가 이렇게 그냥 전업주부로 끝날 줄 알았지? 응? 나 다시 해볼 거야. 나 다시 돈 벌 거라고! 웃기고들 있네.'

그랬다. 나는 이기고 싶었다. 이길 대상도 없는데, 딱히 무엇을 어떻게 이기겠다는 명확한 것도 없이 밥벌이에서 비켜난 전업주부인 나를 대놓고 무시하는 것처럼 느껴지는 나만의 소설 속 불특정다수와 세상에다가 크게 한 방 날리고만 싶었다.

방과 후 강사 일도 내가 정말로 초등학생들에게 코딩의 기술을 알려주고 싶어서 시작했다고는 할 수 없다. 이 일은 '나의 건재함'을 스스로 다시 한번 확인하고 주변 사람들에게 알리기 위한 수단으로서의 일일 뿐이었다. 그러니까 나는 주변에서 '우와, 언니 정말 멋지다. 알고 보니 능력자였네'라는 말을 듣고 싶었던 거였다. 그렇게 어깨에 힘주며 '나 아직 좀 괜찮지? 보아라, 내가 이 정도다!'라고 거들먹거리며 자의식을 한 번 더 확장하고자 했다. 그런데 그렇게 잘난 척 한번 시원하게 하고 나니 마음이 시들시들해졌다. 그리고 잘난 척 이후에 오는 것들이란 이런 거였다. 허전함, 허무함 그리고 친구 없음.

그런 나에게 미숙 씨는 방실방실 웃으며 말했다. 자긴 좋다고. 세상에 한 방 날리고 싶었던 나의 자의식 '이 얼굴에 어쩌고저쩌고, 대학 나오고 어쩌고저쩌고, 한때 나는 이런 회사 과장이었고 어쩌고저쩌고'는 '그냥, 내가 하면 좋겠다잖아'라고 하는 미숙 씨의 심플하기 그지없는 대사 한마디에 시원하게 한 방 얻어맞고 링 위에 누웠다. 그렇게 얻어맞고 실컷 울었더니 한결 가벼워졌다. 난 왜 이렇게나 복잡했을까.

'앗쌀'하게 사는 거. 훨훨 사는 거. 그거 어디 비행기 타고 해외여행 다니라는 거 아니더라. 내가 나를 가두고 있던 그 전제에서 떠나는 거, 그게 정말 앗쌀한 거였다.

'내가 발 디디고 있는 전제를 기꺼이 떠날 수 있는 나'라는 멋진 말은, 말이 아닌 삶으로 보여주는 것일 테다. 복잡하게 생각하고 분석하고 파헤치는 것을 좋아했던 나는 이제는 좀 간단해지고 싶다. 하지만 간단하게 살아오지 않은 지난 삶의 관성만큼이나 앞으로의 삶도 그렇게 간단하지만은 않을 것 같다. 그래서 또 절절매겠지만, 그럼에도 내가 뭔가 새로운 것을 시도해야 할 때는 드라마 속 미숙 씨처럼 간단하게, 그렇게 해 보는 것도 좋겠다. 그럴 때마다 이제는 내가 나를 믿지 못해 불안해하고, 또 그 불안을 감추기 위해 필요 이상으로 분투하기보다는 그냥 눈 딱 감고 내가 나를 좀 믿어줘야겠다.

자, 그럼 다시 질문.

그래서 나는, 이 얼굴에 마트에서 바코드 찍을 수 있
을까?

자유롭고 무책임한 관계가 주는 해방감

아침에 눈 떠서 저녁에 눈 감을 때까지 유쾌 발랄한 나의 아들. 남편과 나는 아들을 물끄러미 바라보며 진심으로 저 녀석처럼 살고 싶다고 생각한 적이 많다. 하지만 우리 애 밝은 것은 우리에게만 좋지, 남에겐 사실 그렇지 않을 수도 있다. 아들은 층간소음 유발자이기도 하니까 말이다. 녀석 덕에 나는 층간소음 콜을 받은 다음 날이면 롤케이크를 사 들고 아랫집을 방문해 '많이 시끄러우시죠, 죄송해요'라고 하며 층간소음에 대한 사과를 하곤 했다. 그 덕에 안면을 트게 된 아랫집 아줌마와 나는 가끔씩 아파트 공동 현관에서 마주치곤 한다.

"안녕하세요."

"아, 네. 안녕하세요."

서로 간에 머쓱하기가 이를 데 없다. 우리가 인사를 주고받는 것을 본 아들 녀석이 우리 둘을 번갈아 보면서 묻는다.

"엄마, 저 사람 엄마 친구야?"

"어, 으으응……."

흠칫 당황하게 만드는 단어, 친구. 아랫집 아줌마는 아들의 질문을 듣고는 멋쩍게 피식 웃으신다. 한동안 아들은 내가 아는 지인을 만나 인사만 하면 매번 내게 '엄마 친구'냐고 물어보곤 했다. 그럴 때마다 나는 "응……, 엄마 친구야"라고 말하곤 했지만 마음속은 못내 껄끄러웠다. 어린이집 등하원 시에 자주 마주치는 어느 아이의 엄마, 놀이터에서 잠시 말을 섞게 된 아줌마, 모두가 여차여차하여 나의 친구가 될 수 있는 가능성이 있는 사람들이긴 하지만, 나의 친구라고 하기엔 우린 너무나도 안 친하다.

친구. 나에게 친구란 일단 보고 싶고 밥은 잘 먹고 다니는지, 어떻게 살아가고 있는지 늘 궁금한 사람들이다. 관계의 깊이로는 가족과 크게 다를 바가 없다. 또 나의 어떤 면은 가족들보다 친구들이 더 잘 파악하고 있을 것이다. 이렇게 엄마가 되고 보니 친구는 서로가 서로에게 '엄마'가 되어주는 존재라는 생각이 든다. 내가 어떤 잘못을 하더라도 내가 처한 나쁜 상황에 잘못이 있는 것이지 나는 괜찮은 사람이라고 믿어주는 언제나 내 편인 엄마 같은 사람, 그런 사람이 친구인 것이다. '네가 오죽하면 그랬겠냐'며 무조건 나를 최우선으로 믿어주는 사람, 엄마가 된 나이 마흔의 나에게도 이런 친구는 늘 그리운 존재이기에 나는 이곳에 정착하면서부터 이런 친밀한 관계에 대한 갈증에 시달렸다. 그리고 가능하면 빨리 이런 밀도가 빡빡한 깊이 있는 관계를 지금 살고 있는 곳 가까이에 만들어야겠다고 생각했다.

그렇다면 친구는 어떻게 사귀어야 할까. 친구를 사귀는 데에도 뭔가 설레고 좋아하는 느낌이 있어야 한다. 이성에게 반하는 것보다 강도는 좀 약하지만 약간 질투가 날 정도로 반짝반짝 빛나는 그 사람의 어떤 면에 이끌린다. 그러고 나면 '난 네가 참 궁금하다. 우리 친구할까'라는 마음이 발동한다. 그렇다고 그걸 직접적으로 말하기는 또 좀 그렇고, 서로 간에 이 마음을 눈치껏 알아채는 거다. 친구 사이에는 '오늘부터 친구 1일' 이런 건 없다. '밥 먹자'로 만나고 헤어질 때 아쉬워서 '또 만나자'로 다음을 기약한다. 그렇게 몇 번 만나다 보니 재미있고 대화도 잘 통하고, 그래서 그 사람을 자꾸만 만나고 싶어진다. 친구가 되기 위해서는 이렇게 서로가 서로에게 마음을 내어 노력하는 단계를 넘어가야 한다. 그 후 함께 세월을 겪어 가면서 자연스럽게 서로의 마음이 다져지면, 이후로는 누가 뭐라 해도 그 사람은 내 친구다. 흔히 '의리'로 설명되는 서로가 서로에게 단단히 결속된 마음, 그것이 어디 그렇게 쉽게 얻어지는 것이겠나.

어떤 사람을 내 친구로 만들려면 이런 노력의 시간이 필요함을 알고 있다. 그런데 나는 이 노력이 너무 힘들다. 분명 매우 괜찮은 사람임에도 불구하고 먼저 선뜻 '만나자'고 하지 못한다. 내가 그 사람을 더 좋아하는 것을 나도 알고 그 사람도 아는 것 같은데도 말이다.

나는 전업주부이자 한 아이의 엄마다. 집안일을 해야 하고 육아를 해야 한다. 집안일은 최대한 줄여보려 노력하면 가능한 영역이 있다. 설거지는 식기세척기의 도움을 받기도 하고, 빨래는 '에라 모르겠다. 내일 하자'며 쌓인 빨랫감을 애써 못 본 척 돌아서기도 한다. 그러나 육아는 피할 수가 없다. 어린이집을 다니는 나의 아들은 너무 사랑스럽지만 육아 스킬이 부족한 나에게 이 남자는 여전히 버거운 존재다. 아이와 함께해야 하는 오후 4시부터 10시까지는 내가 에너지를 비축해 두었다가 잘 배분해서 써야 하는 시간이다. 그렇지 않으면 오후 8시 즈음부터 체력은 이내 방전되곤 한다. 이렇게 체력이 바닥난 상태에서는 아이의 행동 하나하나가 맘에 들지 않기 시작하고, 그러면 그때부터 아이에게 버럭 소리 지르기가 시작된다. 객관적으로 아이가 잘못한 일이 아닌데 내 체력의 부침으로 아이에게 화내지 않기, 잘 타일러서 스스로 하도록 유도하기, 아이가 자기 전에는 꼭 책 읽어주기 등의 엄마로서 해야만 하는 일들을 나는 오늘도 무탈하게 해내고 싶다. 그래서인지 언제부터인가 엄마들 모임에 잘 나가지 않는다. 오전 모임에 에너지를 다 쓰고 오후 육아를 버겁게 보내고 싶지 않아서다. 두세 번 거절했더니 요즘은 스르륵 멀어져서 만나자는 제안이 잘 들어오지도 않는다. 못내 섭섭하기도 하지만 내가 자초한 일이니 어쩔 수 없다. 사람을 만나고 친구가 되어가는 것은 분명 재

미있는 일이다. 하지만 그 사람을 이해하고 받아들이는
데 사용해야 할 기운이 지금의 내게는 부족할 따름이다.

　사람이 온다는 건 실은 어마어마한 일이다.
　그는 그의 과거와 현재와 그리고 그의 미래와 함께 오기
　때문이다.
　한 사람의 일생이 오기 때문이다.

〈방문객〉이라는 시의 한 구절이다. 이처럼 사람을 만나
는 어마어마한 일이 요즘의 나에게는 내 역량을 넘어서
는 버거운 숙제인 것만 같다. 그래서 아마도 매우 괜찮은
사람들을 친구로 사귀는 것을 놓치고 있는 중일지도 모
른다. 흔히들 사랑은 타이밍이라고 하는데, 나에게 있어
서는 우정도 타이밍이다. 몸과 마음이 우정에 집중할 수
있을 때, 그때 만나는 사람이 나에게 좋은 친구가 되어 줄
것이다. 나 또한 오전에 친구들이랑 신나게 수다 떨고 놀
고, 오후에는 육아도 거뜬히 잘 해내고 싶다. 그러나 여러
번의 경험으로 그것이 몹쓸 체력인 지금의 나에게는 무
리라는 것을 알게 되었다.

바람이 선선해진 가을 초입, 아이를 어린이집에 보내고 '커피 한잔하자'고 ○○이 엄마에게 카톡을 보낼까 말까 하다가 보내지 않는다. '우리 점심때 칼국수나 한 그릇 같이 먹자'고 할까 말까 하다가 하지 않는다. 나는 그냥 놀고 싶은 마음을 그렇게 접는다.

현민이 어린이집 하원 후에 거의 매일 놀이터에 갔다. 그러다 보니 놀이터 죽돌이, 죽순이 어린이들이 누구인지 자연스럽게 파악되었고, 그 어린이들의 엄마들과도 알게 되었다. 우리는 서로 인사를 하고 전화번호도 주고받았다. 그러다가 선아 엄마를 알게 되었다. 선아는 미술학원을 다니고 학습지를 하기 때문에 매주 목요일에만 놀이터에 나왔다. 선아 엄마는 매우 유쾌하고 재미있는 사람이었다. 특유의 말솜씨로 주변 사람들을 한 번씩 '빵' 하고 터지도록 크게 웃게 하곤 했다. 선아 엄마는 오롯한 경기도 사람이지만 남을 웃기고 싶은 욕망 같은 게 있는 듯했고, 대화를 이어나가다가 문득 충청도 사투리로 '그랬쥬. 아, 그래가지구유'를 쓰곤 했다. 그럴 때면 나는 여지없이 빵하고 터져서 크게 웃었고, 선아 엄마는 남을 '웃겼다'는 것에서 어떤 성취감을 맛보는 듯한 쩅한 표정을 짓곤 했다.

나는 매주 목요일이면 선아 엄마와의 시간을 기다렸다. 그런데 어떤 날에는 선아와 선아 엄마가 놀이터에 나오지 않기도 했다.

'무슨 일이 있는 모양이네.'

그렇다고 내가 선아 엄마에게 '오늘은 왜 놀이터에 나오지 않느냐'고 전화를 하거나 카톡을 보내지는 않았다. 서로 일정이 맞아서 놀이터에서 만나게 되면 좋은 것, 그렇지 않으면 마는 것. 그게 좋았다. 나는 선아 엄마가 매우 좋은 사람일 거라 생각했다. 하지만 따로 만나서 커피를 마시고 싶지는 않았다. 둘이서 같이 밥을 먹고 싶지도 않았다. 그냥 딱 이 정도의 친분으로만 지내고 싶었다.

이곳 신도시 아줌마인 우리는 처음 사람을 사귈 때 이런 것을 묻곤 한다. 어떻게 하다가 이 신도시에 오게 되었냐, 여긴 얼마나 살았냐, 남편은 어떻게 만났냐, 처녀 때는 어떤 일을 했냐 혹은 어떤 전공을 했냐 등의 과거 이력,

그리고 조금 더 친해지면 남편의 직업과 직급 등을 묻기도 한다. 그런데 사람을 사귀다 보니 한 사람의 신상 정보를 아는 것은 '양날의 검' 같았다. 한 사람을 이해하는 데 그녀의 과거 신상 정보를 안다는 것은 분명 도움이 되는 면이 있다. 하지만 그녀의 과거나 정보를 모르면 그런 생각을 안 가질 텐데, 괜히 그것을 알게 되어 그 사람을 한 방향으로만 이해하게 만드는 프레임처럼 작용했다. 나는 선아 엄마와는 그러고 싶지 않았다. 나는 그녀를 그녀의 현재 버전으로만 받아들이고 싶었다. 그녀가 가진 생기와 표정 그리고 말투와 태도만으로도 그녀를 이해하기엔 충분했다. 그래서 나는 그녀에게 아무것도 묻지 않았다. 그리고 그녀도 나에게 그랬다.

나는 선아 엄마와의 관계에서 어떤 청량한 해방감을 느꼈다. 자유롭고 무책임하게 서로가 서로에 대해 안다면 알고 모른다면 모르는 관계, 노력하지 않고 애쓰지 않아도 되는 관계인 게 너무 좋았다. 그간 내가 꽤나 시달려온 관계 맺음에 대한 어떤 반작용인지도 모르겠으나, 원래 관계라는 것이 이렇게 '될 대로 되라'식으로 던져 놓아도 되는 관계 또한 있었던 게 아닐까. 예전의 나는 이것을 몰랐던 것 같다. 나의 '모 아니면 도'인 성격 탓에 '친구 아니면 지인' 외의 그 중간 어딘가에 있는 사람들을 갑갑해서 견뎌내지 못한 탓일 테다.

매력적이고 좋은 사람인 게 느껴지는 사람이라 할지라도 그 사람을 나의 노력으로 굳이 친구의 영역으로 당겨오지 않아도 된다는 것을 나는 길다면 길고 짧다면 짧은 7년간의 '아줌마살이'를 통과하면서 알게 되었다. 지인이라고 명료하게 선을 긋기엔 친한 것 같은데 그렇다고 친구라고 확 끌어안기엔 애매한 사이. 그냥 그렇게 애매하게 사이좋게 지내는 것이 참 애매한데 편하고 좋더라. 놀이터에서 우연히 만나서 애들끼리 놀게 되면 엄마들끼리 벤치에 앉아서 수다도 떨고 재밌고 즐거운데, 그렇다고 오전에 커피 마시자, 밥 먹자고 '들이대지'는 않는 사이. 이렇게 거리를 유지하긴 하는데 언젠가는 더 친해질 수도 있고 아님 멀어질 수도 있는 사이. 이것을 열린 관계라고 해야 할지 닫힌 관계라고 해야 할지 이마저도 애매한데, 그런데 참 좋다.

나는 관계에서 '적당히 거리 두는' 방법을 계속해서 배우고 있다. 이것이 순수한 우정의 열정을 잃어버린 것이라고 하기보다는 좀 더 넓은 의미에서의 타인을 대하는 방법을 알아가고 있는 것이라 받아들이게 되었다. 예전의 관계가 친구 아니면 지인이었다면, 이제는 '인생친구, 그냥 친구, 뭔가 애매하지만 좋은 사람, 계속 애매하기만 한 사람, 좀 친한 동네 언니, 별로 안 친한 동네 동생, 그냥 학부모, 오다가다 인사만 하는 이름도 모르고 성도 모르는 사이'. 이렇게 친구와 지인 사이에 여러 부류가 있고, 그 부류의 사람들 대부분 나와 편안하게 잘 지내고 있다. 나는 이것이 서로가 서로를 싫어해서 친해지려고 노력하지 않는 것이 아니라는 것을 알게 되었다. 각자 주어진 자신의 삶에 집중하여 살다 보니, 그 정도의 관계에 만족하며 그냥 그 자리에 머무르고 있는 것이다.

나는 놀이터 한구석에서 선아 엄마와 수다를 떨며 '아, 이렇게 지내는 것도 참 좋구나'를 생각했던 그날의 시원한 바람을 기억한다. 우리가 어느 날 만나고 못 만나고는 그 누구의 책임도 아니다. 날씨가 좋으면 만나는 것, 또 비 오면 못 만나는 것. 그러니까 선아 엄마와 나의 관계를 결정짓는 가장 큰 변수는 날씨. 그래, 날씨인 거였다.

우리가 그때까지 만난다면

내가 나가는 독서 모임에는 예비 고3 엄마 데이지 씨(애칭)가 있다. 그녀와 나는 예비 고3의 학습량과 아이가 느끼는 중압감, 매년 바뀌는 입시제도 등에 대한 이야기를 하고 있었다. 그녀는 내게 말했다.

"현민이 엄마, 현민이가 대학 들어갈 때쯤이면 지금이랑은 또 많이 달라져 있을 거야. 그땐 저출산이다 뭐다 입시생 수도 줄어들어 있을 거고. 입시 전략은 해마다 바뀌니까 뭐. 현민이 엄마, 우리가 그때까지 만난다면 우리 옛날에 이런 고민했었다, 하면서 이 이야기를 추억으로 말할 수 있겠다. 그치?"

아……, 우리가 그때까지 만난다면? 나는 데이지 씨의 말에 "왜 그러세요. 우리 그때까지 잘 만나야죠"라는 말이 목에서 탁 걸린 채 나오질 않았다. 대화 도중 그 짧은 순간에도 나는 생각했다. 현민이가 고3이 되려면 아직도 십수 년의 세월이 남아 있고, 내가 그 세월 동안 독서 모임과 데이지 씨에게 한결같이 같은 마음일지 나는 내 마음을 보장할 수 없었다. 나는 지금까지 지키지 못할 '영원'을 뻐꾸기 날리듯 자주도 날려 왔고, 변덕스러운 내 마음의 지난한 과거 이력을 알기에 이제는 책임질 수 없는 말은 하는 게 아니라는 것 정도는 아는 나이가 되었다.

만약 "에이, 왜 그러세요. 우리 그때까지 독서 모임 하고 계속 잘 만나야죠"라는 말이 내 입에서 가볍게 툭 튀어나왔다 하더라도, 아줌마 생활 어언 20년을 넘기고 있는 데이지 씨는 나의 말을 그저 철없는 어느 아줌마의 어수룩한 순정 정도로 이해하고 넘겼을 것이다.

언젠가 데이지 씨는 나에게 이런 말을 한 적이 있다.

"내가 아줌마 생활을 20년쯤 하면서 만난 사람이 얼마나 많겠냐. 우리 애 초등학교 1학년 때는 학교 끝나고 날마다 친구 집을 번갈아가면서 거의 밤 10시까지 놀곤 했어. 놀고 저녁 먹고 또 놀고. 오죽하면 우리 남편이 퇴근할 때 오늘은 누구 집에서 노냐며 묻고 우리 집에서 논다고 하면 일부러 늦게 퇴근하곤 했지. 하하, 그런 때도 있었네. 그랬던 애가 고3이라니……. 그런데 내가 그렇게 사람들 많이 만나고 사귀고 해도 지금까지 연락하고 지내는 사람은 몇 안 돼. 근데 웃긴 게 그때 단짝처럼 지냈던 사람이 어느 순간 스르륵 멀어지는가 하면 그때는 별로 안 친했는데 지금까지 연락하는 사람도 있고. 사는 게 그렇더라고."

"아, 그래요. 사람 인연이라는 게 참."

"그러게. 그렇게 서로 좋아하다가 지지고 볶고 싸우기도 하고. 그래도 지금 생각해보면 그때 그 아줌마들 나랑 커피 마셔주고 밥 먹어주고, 다들 고마웠지 뭐. 그렇게 그 아줌마들이랑 놀면서 한 시절 자알 갔다."

데이지 씨는 그 시절을 그리워하지도 후회하지도 않는 것 같았다. 그녀의 표정은 한 시절을 잘 보낸 것에 대한 회상, 그 이상 그 이하도 아닌 듯했다. 데이지 씨에게 초보 아줌마 시절을 관통하고 있는 나에게 해줄 조언 같은 게 있냐고 물어볼까 하다가 하질 않았다. 어차피 이 시간들은 오롯이 나의 몫일 테고, 나는 나대로 겪어야 할 것은 또 겪으면서 한 시절을 보내야 한다는 생각이 들었다. 내 상황은 데이지 씨와는 다를 것이고, 나는 나만의 시절 인연들을 만나고 보내주게 될 것이다.

'시절 인연'

나는 이 단어를 좋아한다. 붙잡을 수 없는 인연에 대해 그 시절 그 사람과 잘 보냈으니 그것으로 되었다고, 이제는 그 인연을 보내줄 때라고 나를 설득해야 할 때 이만한 단어가 없기 때문이다. 하지만 그 관계에 좀 더 노력하지 않은 나의 진실되지 못한 계산된 여력 없음을 '우리의 시절은 끝났다'고 하며 이 단어 뒤에 숨길 수 있기에, 나는 이 말이 아프다.

봄. 비가 오고 나니 벚꽃이 후드득 다 떨어졌다. 떨어지는 꽃잎을 아쉬워하며 "아이고, 현민아. 꽃이 다 졌다. 어떻게 하니"라고 하자, 아들은 "엄마, 괜찮아. 이게 씨앗이 되어서 다시 피는 거잖아"라고 한다.

나는 현민이를 꼭 끌어안았다.

이곳에서 만난 여러 아줌마들, 그녀들과 나의 우정도 어느 날은 벚꽃처럼 흐드러지게 만개하였다가 또 어느 날은

비를 맞아 후드득하고 떨어져 사라지곤 했다. 그러면서 우리는 또 다른 곳에서 다른 꽃으로 피고 또 질 것이다.

이렇게 나의 초보 아줌마 시절이 가고 있다.

관계라는 것은 언제나 마음먹기에 달렸다.
그것이 힘난한 세계가 될지 자유롭고 따스한 세계가 될지는
각자의 마음에 달려 있다.

신도시 맘 고군분투 아줌마 사귀기 프로젝트

아이 친구 엄마라는 험난한 세계

제1판 1쇄 인쇄 | 2022년 5월 17일
제1판 1쇄 발행 | 2022년 5월 25일

지은이 | 박혜란
펴낸이 | 오형규
펴낸곳 | 한국경제신문 한경BP
책임편집 | 노민정
교정교열 | 김가현
저작권 | 백상아
홍보 | 이여진 · 박도현 · 하승예
마케팅 | 김규형 · 정우연
디자인 | 지소영
본문디자인 | 디자인 현

주소 | 서울특별시 중구 청파로 463
기획출판팀 | 02-3604-590, 584
영업마케팅팀 | 02-3604-595, 583   FAX | 02-3604-599
H | http://bp.hankyung.com   E | bp@hankyung.com
F | www.facebook.com/hankyungbp
등록 | 제 2-315(1967. 5. 15)

ISBN 978-89-475-4823-6   03810